ALEXANDRA CORDES

Die entzauberten Kinder

AC

ALEXANDRA CORDES

Die entzauberten Kinder

Roman

Alexandra Cordes Edition
Schneekluth

Sonderausgabe des
Schneekluth Verlages, München
Schneekluth, ein Verlagsimprint der Weltbild Verlag GmbH, Augsburg

Einbandgestaltung und Aquarell: Andrea Schmidt
Gesamtherstellung: Presse-Druck Augsburg
Printed in Germany 1997
ISBN 3-7951-1473-X

1

Staub blähte sich gegen die Kellerdecke. Darunter lag meine Mutter auf dem Steinboden. Sie lag ganz ruhig. Denn sie war tot.

Ich hatte noch nie eine Tote aus der Nähe gesehen. Es war ganz anders, als ich es mir vorgestellt hatte. Man sah ihr nichts an. Aber aus ihrem rechten Auge lief eine Träne, die war rot.

»Warum liegt Mutter auf dem Boden?« fragte mein Bruder Ricki. Er beugte sich hinunter und faßte sie am Arm. »Mutter, steh doch auf!«

»Sei ruhig«, sagte ich. »Mutter schläft.«

»Kommt, kommt heraus!« Mein großer Bruder Klaus nahm uns bei den Schultern und schob uns zur Kellertür.

Draußen schien die Sonne. Es war warm. Aber mein großer Bruder wickelte uns in Decken.

»Bleibt schön hier sitzen«, ermahnte er uns.

Hinter uns stieg Rauch aus den Trümmern. Oben auf den Steinbrocken lag das Sofa aus dem Wohnzimmer. In der Mitte war die Kuhle, wo die Feder gesprungen war. Es sah aus, als habe noch eben jemand darauf gesessen.

»Ich bin gleich wieder bei euch«, sagte mein großer Bruder.

Ich sah ihm nach, wie er über die Trümmerbrocken stieg, die überall die Straße bedeckten.

»Mutter schläft aber lange«, sagte Ricki und lutschte an seinem Daumen. »Sie soll uns endlich was zu essen geben. Ich hab' Hunger.«

Plötzlich mußte ich weinen. Ricki knuffte mich böse in die Seite.

Mein Bruder Klaus brachte eine Kanne Milch mit. Er blieb bei uns im Vorgarten sitzen, bis wir sie ausgetrunken hatten. Dann ging er wieder fort.

Als er diesmal zurückkam, war ein Mann mit einem Karren bei ihm. Klaus ging mit dem Mann in den Keller.

Sie brachten ein Bündel herauf, das sie in Decken gewickelt hatten. Das war meine Mutter. Ich konnte ihr Gesicht noch einmal sehen. Sie sah wirklich aus, als schliefe sie und bestimmt anders, als die Toten, die ich von weitem auf dem Marktplatz gesehen hatte. Die hatten keine Beine mehr, oder keine Arme. Manchen fehlte der Kopf. Und die Kleider waren zerrissen oder verbrannt. Manche waren auch ganz verkohlt, und man hätte sie eigentlich nicht noch einmal auf dem Marktplatz zu verbrennen brauchen.

Mein Bruder und der Mann legten das Bündel auf den Karren. Der Mann zog den Leiterwagen, und Klaus schob. Ein paar Ruinen weiter sprang eine Katze auf den Karren. Mein Bruder scheuchte sie herunter. Manchmal blieben sie mit dem Wagen stehen, und ich konnte sehen, daß sie ihn erst über die Steinbrocken heben mußten, da, wo die Straße aufgerissen war.

Es roch nach Brand. Der Himmel war nicht mehr blau. Die Qualmwolken verdunkelten ihn schnell. Es sah aus, als käme ein Gewitter.

Männer in grünen Uniformen kamen in die Straße. Sie trugen Spaten und Schaufeln und begannen, die Trümmer beiseite zu räumen. Immer mehr Menschen kamen auf die Straße. Manche schrien, einige weinten, andere setzten sich stumm auf Mauerbrocken.

Frau Porten von gegenüber kroch durch das Kellerfenster auf den Bürgersteig. Sie schob ein Bündel vor sich her, nahm es auf und lief die Straße hinunter. Die Leute wichen vor ihr zurück. Ich konnte nicht sehen, warum, aber ich glaube, es war wegen des Bündels. Sie stolperte über einen Balken und fiel hin. Dann stand sie wieder auf und wankte weiter. Plötzlich begann sie laut zu kreischen. Ein Soldat sprang aus den Trümmern. Er legte ihr die Arme um die Schultern und führte sie fort. Eine alte Frau wurde auf einer Bahre vorbeigetragen. Ihr rechtes Bein war ab.

Ricki lag neben mir. Er murmelte im Schlaf, »horch, bummbumm«. Er träumte bestimmt, es sei wieder Alarm. Ich nahm ihn in den Arm. Eigentlich wollte ich wach bleiben, bis mein Bruder Klaus wiederkam, aber ich schlief ein.

2

Das Zimmer war klein und hatte eine tiefe Decke. Die Wände waren grau und rauh. Auf dem Holztisch brannte eine Kerze. Dahinter saß mein Bruder Klaus auf der Bank. Er las in einem Buch. In dem Bett an der anderen Wand lag Ricki.

Ich schlug die Decke zurück und stand auf.

»Na?« fragte mein großer Bruder.

»Wir sind im Bunker, nicht?«

Er nickte.

»Ich habe so fest geschlafen.«

»Das kann man wohl sagen«, sagte Klaus. »Herr Schneider und ich haben euch auf dem Leiterwagen hierher gefahren.«

»Wer ist Herr Schneider?«

»Der Mann von heute morgen.«

»Können wir hierbleiben?« fragte ich.

»Vorläufig.« Klaus stand auf und reckte sich.

»Ich leg' mich jetzt hin. Wenn der Bunkerwart kommt, weckst du mich«, sagte er.

Ich setzte mich auf die Bank. Ich nahm das Buch, in dem Klaus gelesen hatte. ›Einführung in die Mathematik‹ stand darauf. Ich schlug es auf, aber ich verstand nicht, was die Zahlen, Striche und Kreise bedeuteten.

Draußen auf dem Gang war es still. Ich blieb in der Tür stehen. Auf den Bänken an den Gangwänden schliefen Männer, Frauen und Kinder. Hinten, wo der Flur eine Biegung machte, brannte eine Birne in einem Drahtkäfig unter der Decke.

Eine Frau mit einem Kind kam den Gang entlang.

»Mama, ich muß mal«, greinte das Kind.

»Sei doch still«, sagte die Frau. Sie sah von mir weg, als sie an mir vorbeikam.

Das Kind weinte, »Mami, Mami.«

»Psst«, machte die Frau, »psst«, und zog es hastig mit sich fort.

Als sie weg waren, ging ich in das obere Stockwerk. An einer Brettertür stand in schwarzen Buchstaben WC. Ich klinkte die Tür auf. Der Lichtschalter ließ sich nicht drehen. Ich tastete mich an der Wand entlang zu einer Tür. Sie war verschlossen. Die nächste auch. Hinter der dritten hörte ich Geflüster. Es waren eine Männer- und eine Frauenstimme.

Ich wartete eine Weile. Der Mann und die Frau flüsterten immer noch. Ich hörte auch, daß sie sich bewegten, aber sie kamen nicht heraus. Da ging ich wieder hinunter.

3

Der Soldat saß neben uns auf der Bunkerbank. Er aß ein Stück Brot.

»Der Soldat ist arm«, flüsterte Ricki. »Er hat nur trockenes Brot.«

»Sei schön still«, sagte ich.

»Sind alle Soldaten arm?« fragte Ricki.

»Nicht alle.«

»Ißt Vater auch nur trockenes Brot?« fragte Ricki.

»Ich glaube nicht. Vater sagt, an der Front ist die Verpflegung gut.«

»Was ist die Front?« fragte Ricki.

»Das ist da, wo die Soldaten miteinander kämpfen.«

»Fallen da auch Bomben?« – »Ja.«

»Und schießt da auch die Flak?«

»Ja. Aber da heißt es Artillerie.«

»Was ist eine Artillerie?«

»Das sind große Kanonen«, sagte der Soldat. Er rückte zu uns heran.

»Warst du auch an der Front?« fragte Ricki.

»Ja«, erwiderte der Soldat. »Natürlich.« Er kaute den letzten Rest seines Brotes.

»Warum bist du jetzt hier?« fragte Ricki.

»Ich habe Urlaub«, antwortete der Soldat.

»Was ist das, Urlaub?« fragte Ricki.

»Dann darf man in der Heimat sein.«

»Ich kenne ein Lied von der Heimat. Soll ich es mal singen, Soldat?«

»Ja, sing es mal«, nickte der Soldat.

». . . in der Heimat, in der Heimat, da gibt's ein Wiedersehen«, sang Ricki sehr laut. Die Leute drehten ihre Köpfe nach ihm, ein Mann hustete dumpf.

Der Soldat hatte plötzlich nasse Augen.

»Bist du traurig, Soldat?« fragte Ricki.

»Nein, nein«, erwiderte der Soldat. »Du singst nur so schön.«

»Mein Vater ist auch Soldat«, erzählte Ricki. »Er ist in Frankreich.«

»Da bin ich auch gewesen«, antwortete der Soldat.

»Mein Vater sagt, die Franzosen haben rote Hosen.«

»Ja, manchmal«, sagte der Soldat.

»Bist du ein Offizier?« fragte Ricki und sah auf die silberne Spange, die der Soldat auf der Brusttasche seiner Jacke trug.

»Nein«, sagte der Soldat. »Ich bin nur ein einfacher Landser.«

»Was ist ein Landser?« fragte Ricki.

»Das ist ein Soldat, der nichts zu sagen hat«, erwiderte der Soldat.

»Du mußt nicht traurig sein, ich muß auch immer still sein, ich darf auch nichts sagen.«

Der Soldat strich Ricki über den Kopf. »Ich hab' auch so einen Bub wie dich.« Plötzlich hatte der Soldat ein trauriges Gesicht.

»Ich heiße Ricki und bin vier Jahre alt.«

»Du bist ein braver kleiner Junge.«

»Wenn ich groß bin, werde ich auch ein Soldat. Ein Flieger und ein Offizier. Brr, mach' ich dann und rattatta.« Ricki bewegte seine Hände, als halte er ein Steuerrad dazwischen. »Und ich schieße alle bösen Feinde tot.«

Ricki untersuchte das Koppel des Soldaten. Er fingerte an den Knöpfen seiner Jacke herum.

»Du bist aber dreckig«, sagte er. »An deinem Gürtel und an deinen Knöpfen ist Schmutz.«

»Ich bin hingefallen«, erwiderte der Soldat.

»Wenn ich hinfalle, bin ich auch immer schmutzig. Aber meine Schwester macht mich dann sauber.«

»Ich habe aber keine Schwester.«

»Dann mußt du dich allein sauber machen«, sagte Ricki. »Oder deine Frau muß das tun.«

»Ich habe keine Frau mehr«, antwortete der Soldat. Er sagte es nicht zu Ricki, sondern zu sich selbst.

»Halt doch den Jungen still«, schimpfte die Frau neben uns. »Er macht uns ja mit seiner Fragerei total nervös.«

»Lassen Sie ihn doch«, bat der Soldat.

»Du bist keine Mutter.« Ricki drehte sich zu der Frau um.

»Meine Mutter hat immer zu mir gesagt, ich darf alles fragen, was ich wissen will.«

Die Frau wandte sich mit bösem Gesicht ab.

Der Soldat zog eine klebrige Rolle aus der Tasche. Er hielt sie Ricki hin. »Hier, das sind Drops.«

Er strich Ricki über den Kopf, nickte mir zu, stand auf und ging davon, zum Ausgang, wo gerade die Entwarnungssirene ertönte.

Der Soldat hatte ein graues Gesicht, und seine Augen waren wieder naß.

4

Der Bunkerwart kam erst am Morgen des dritten Tages.

»Ihr müßt die Zelle räumen«, verlangte er.

»Wo sollen wir denn hin?« fragte mein großer Bruder.

»In den Gemeinschaftsräumen ist noch Platz«, sagte der Bunkerwart.

»Die sind doch überfüllt«, erwiderte Klaus.

»Nun beeilt euch schon«, drängte die Frau in dem Pelzmantel, die hinter dem Bunkerwart stand. »Wir haben hier die älteren Rechte.«

»Nun los, macht schon!« Der Bunkerwart riß meinem Bruder Ricki die Decke weg und rüttelte ihn am Arm. Ricki wurde wach und begann zu weinen.

»Das ist ja nicht zum Aushalten«, schimpfte die Frau. »Sorgt doch dafür, daß das Balg ruhig ist.«

Ich nahm Ricki auf den Arm. »Sei schön brav.« Ich drückte ihn an mich.

Ricki weinte nur lauter. »Schlafen, Ricki will schlafen.«

»Halt den Mund, Ricki«, sagte Klaus. Ricki hielt mitten im Weinen mit offenem Mund inne.

Mein großer Bruder nahm sein Mathematikbuch, die beiden Wolldecken und die Kerze vom Tisch. Unsere Kleider hatten wir ja an.

»Also, gnädige Frau, jetzt steht die Zelle zu Ihrer Verfügung«, sagte der Bunkerwart. »Und ihr macht, daß ihr nach oben kommt«, fuhr er uns an.

Wir machten im oberen Stockwerk die Runde durch die Gemeinschaftsräume. Aber die Leute, die da wohnten, ließen uns nicht herein. Es war auch nirgendwo Platz. Wir hätten höchstens auf dem Boden hocken können. Aber auch das durften wir nicht.

Wir gingen über die Wiese hinter dem Bunker zum Fluß. Wir setzten uns auf die Uferböschung. Ricki spielte im Sand und warf Steine ins Wasser. Er sang zufrieden vor sich hin.

»Was sollen wir jetzt machen?« fragte ich. Klaus zuckte mit den Schultern.

»Komm, wir gehen nach Hause«, bat ich.

»Nach Hause, essen, ich habe Hunger«, sagte Ricki.

»Nach Hause!« Klaus warf einen flachen Stein über das Wasser. Der Stein hüpfte dreimal hoch, bis er in einem Wellenkreis versank.

»Vielleicht ist Post von Vater da«, sagte ich.

»Willst du mir sagen, wohin der Bote die Post bringen soll?« fragte Klaus.

»Er legt sie vielleicht in den Vorgarten.«

»Also gut.« Klaus stand auf und nahm unsere Sachen unter den Arm. Ich nahm Ricki bei der Hand.

Von den Trümmern in unserer Straße stieg noch immer Rauch hoch. Aber der kam nur von kleinen Bränden, die nicht gelöscht werden mußten.

An der Ecke trafen wir den Postboten. Er hielt einen Brief hoch. »Hier, unterschreib.« Er gab Klaus einen Zettel.

Als Klaus unterschrieben hatte, ging der Postbote schnell weiter.

»Was hat der nur?« fragte ich. »Der ist doch sonst so freundlich.«

»Weiß nicht«, erwiderte Klaus. Erst jetzt sah ich, daß er ganz weiß im Gesicht war.

»Was ist denn?« fragte ich.

Klaus antwortete nicht. Er drehte den Brief in den Händen, zerknüllte ihn und strich ihn wieder glatt.

»Mach schon auf«, drängte ich.

»Jaja.« Klaus riß den Umschlag auf.

»Was steht denn drin, sag doch, was drin steht!« Ich mußte plötzlich ganz schnell atmen, damit ich Luft bekam.

»Vater . . .«, sagte Klaus.

»Kommt der Papi?« fragte Ricki.

»Geh, Ricki, lauf, da drüben liegt ein feiner Stein«, sagte mein großer Bruder.

»Kommt der Papi? Bringt er Schokolade mit?« fragte Ricki und blieb stehen.

»Nein – er ist vermißt.«

»Was ist das, vermißt?« fragte Ricki.

»Papi ist weit fort«, erklärte mein großer Bruder. »Er kann jetzt nicht mehr so schnell kommen.«

»Schläft der Papi auch wie die Mami?«

»Nein«, antwortete Klaus. »Er ist nur sehr weit weg. Es kann lange dauern, bis er wiederkommt.«

»Wenn er wiederkommt, bringt er Ricki Schokolade mit, bestimmt, er hat immer Schokolade mitgebracht und Bonbons und Plätzchen. – Ich muß jetzt essen«, sagte mein Bruder Ricki. »Ricki hat Hunger!«

Er zog an meinem Jackenärmel und schlug nach Klaus.

»Hört doch zu«, rief er energisch und stampfte mit dem Fuß auf. »Ich hab' Hunger!«

»Setzt euch in den Vorgarten. Ich besorge euch was zu essen«, versprach Klaus.

»Du mußt dich beeilen«, sagte ich. »Es ist sicher schon zehn Uhr, und um zehn gibt die NSV auf dem Rhonplatz Milch aus.«

»Wie heißt du?« fragte der Mann hinter dem Schreibtisch.

»Klaus Thoma«, antwortete mein großer Bruder.

»Wie alt bist du?« fragte der Mann, und tauchte den Federhalter in das Tintenfaß.

»Vierzehn.«

»Noch auf der Schule?«

»Städtisches Gymnasium.«

»Dahin brauchst du jetzt nicht mehr«, murmelte der Mann. »Das ist kaputt. Der Unterricht ist aufgehoben. Du meldest dich morgen auf dem vierten Polizeirevier zu Aufräumungsarbeiten.«

»Sie müssen mich davon freistellen«, bat mein Bruder.

»Wieso?«

»Ich muß für meine Geschwister sorgen«, sagte Klaus.

»Warum?« fragte der Mann.

»Aber das habe ich Ihnen doch schon gesagt.«

»Was heißt hier, gesagt? Du willst dich wohl vor der Arbeit

drücken? An die Front gehörst du. Sei froh, daß du in der Heimat dem Führer und Vaterland dienen kannst. Aber wenn du nicht willst, kann ich auch dafür sorgen, daß du an die Front kommst.« Der Mann hatte einen dünnen Mund, und er blickte uns drohend der Reihe nach an.

»Bitte«, sagte Klaus. »Mein Vater ist vermißt, meine Mutter ist beim letzten Luftangriff umgekommen.«

»Soso.« Der Mann räusperte sich. Er blätterte in seinen Papieren.

»In der Clausiusstraße habt ihr gewohnt?«

»Ja«, erwiderte Klaus.

Der Mann schrieb etwas auf einen Zettel.

»Wie alt ist das Mädel?« fragte er ohne aufzusehen.

»Elf«, antwortete ich.

»Und der Kleine?« fragte der Mann.

»Vier Jahre«, sagte mein Bruder Ricki.

Es sah fast so aus, als würde der Mann zu lachen anfangen, aber er tat es nicht. Er schrieb noch etwas auf den Zettel. Dann gab er ihn Klaus.

»In Zimmer einhundertneunundzwanzig bekommt ihr die Lebensmittelkarten und auch die Bezugscheine. Dann geht ihr in den zweiten Stock. Da bekommt ihr die Einweisung in ein Zimmer.«

Klaus steckte den Zettel in die Tasche. »Wie ist das nun mit den Aufräumungsarbeiten?« fragte er.

»Vorläufig zurückgestellt.« Der Mann legte den Federhalter in die Federschale. »Der nächste!«

»Heil Hitler«, grüßten wir und gingen.

5

Das Zimmer lag im Souterrain und hatte nur ein Fenster, das vergittert war. Das Zimmer hatte auch einen Ofen. Aber den konnten wir nicht benutzen, weil der Kamin verstopft war. Ricki saß den ganzen Tag auf der schmalen Fensterbank. »Soldaten«, sagte er, wenn schwarze Stiefel an der schmalen Fensteröffnung vorbeigingen, »eine Frau«, wenn hochhackige Holzschuhe vorbeiklapperten. Auf die Straße wollte er nie. Nur manchmal, wenn die Sonne schien, dann mußte ich mit ihm spazierengehen. »Auf die Wiese«, verlangte er jedesmal, und ich ging mit ihm auf die Wiese, die sich hinter dem Bunker bis zum Rhein hinabzog. Er saß dann da, auf dem kurzen, braunen Wintergras, bis zum Kinn in eine Decke gewickelt, auf dem Kopf die runde Lammfellmütze, und wenn Alarm kam, gingen wir ins ›Loch‹, so nannte er den Bunker.

Klaus ging jeden Morgen um sieben Uhr fort und kam erst abends zurück. Der Mann hatte ihn doch nicht von den Aufräumungsarbeiten zurückgestellt. Und die Aufräumungsarbeiten nahmen kein Ende, weil jede Nacht Luftangriffe waren.

Wenn Klaus abends nach Hause kam, brachte er immer etwas mit. Mal einen Kochtopf, einen Stuhl, dann eine Kochplatte, die wir aber nicht gebrauchen konnten, weil die Lichtleitung im Haus kaputt war. Wir tranken die Milch kalt und aßen die Haferflocken roh, aber zwei-, dreimal in der Woche bekamen wir auch warmes Essen, dann, wenn Klaus aus der Feldküche in einem Topf Suppe mit nach Hause brachte. Meistens war es Erbsensuppe. Auf die Steine, die jedesmal auf dem Boden des Topfes lagen, freute sich Ricki besonders. Er spielte damit. Er belud die beiden Wagen, die Klaus ihm aus Zigarrenkisten gebastelt hatte, und beförderte sie unter lautem Töfftöff und Puffpuff durch das Zimmer.

Er fragte nie nach Mutter oder Vater. Nur einmal sagte er: »Gibt es im Himmel auch Erbsensuppe?«

»Ja«, antwortete ich.

»Dann hat Mutter keinen Hunger«, meinte er zufrieden und hielt die Hand vor den Mund, so wie Mutter es ihn gelehrt hatte, wenn er aufstoßen mußte.

6

In der Neujahrsnacht kam der Großangriff auf die Stadt. Wir waren im Bunker. Überall jammerten und schrien die Leute. Manche beteten. Ricki schlief. Wir hatten ihm eine Schlaftablette gegeben. Klaus merkte zuerst, daß wir nicht mehr richtig atmen konnten, und dann hörten wir, wie der Bunkerwart durch den Gang kam. – »Ruhig verhalten, ruhig verhalten. Der Schaden ist gleich behoben.«

»Die Sauerstoffanlage ist kaputt«, sagte Klaus.

Und dann rief der Bunkerwart: »Alle Männer zum Eingang zwei, alle Männer zum Eingang zwei!«

Wir hörten, wie draußen, im Dunkeln, die Stimmen immer lauter wurden.

Klaus stand auf.

»Bleib hier«, sagte ich. Ich faßte ihn am Ärmel und zog ihn wieder auf die Bank zurück.

»Wir müssen zu den Pumpen«, sagte Klaus.

»Du bist kein Mann.«

»Doch.«

»Bleib hier«, sagte ich.

In den Gängen wurde es stiller. Die Stimmen wurden leiser, und ich konnte jetzt wieder das Krachen von draußen hören.

»Hoffentlich ist dieser Dreck bald vorbei«, sagte Klaus.

»Sag das nicht so laut«, flüsterte ich.

»Ach was.« Er streifte meine Hand ab, die noch immer seinen Jackenärmel hielt. »Der Gert hat mir erzählt, gestern hat man schon die Artillerie gehört.«

»Wo denn?« fragte ich.

»Er war in Köln. Er hat gesagt, man konnte es ganz deutlich hören.«

»Das sind die Amerikaner«, sagte ich.

»Natürlich«, antwortete Klaus.

»Ihr freut euch wohl darauf?« sagte Fräulein Amman, die bei uns im Hause wohnte. »Aber die Freude wird euch schnell genug vergehen. Ihr werdet ja sehen, was die mit euch machen.«

Dann brummelte Fräulein Amman wieder vor sich hin. Dazwischen knurrte und heulte ihr Hund. Fräulein Amman steckte ihm Schokolade in die Schnauze, aber er heulte und knurrte weiter.

Ricki wurde von dem Heulen wach. Er blickte mit begehrlichen Augen auf den Hund.

»Ich bin auch ein kleiner Hund, wau, wau«, machte er.

»Sei still«, sagte ich.

Plötzlich glühte die Birne an der Decke auf.

»Entwarnung.« Klaus stand auf und ging hinaus auf den Gang.

Als er wiederkam, brachte er zwei Becher mit einer heißen, braunen Flüssigkeit mit.

»Oben ist Neujahrsfeier«, sagte er. »Es wird Kaffee ausgegeben.«

Ich wußte nicht mehr, wie Kaffee schmeckt, aber sicher nicht so, wie das, was in den Bechern war. Ich konnte es nicht trinken. Klaus trank beide Becher leer.

»Der Führer spricht gleich über den Rundfunk«, sagte Klaus. »Alle sollen nach oben kommen.«

»Können wir nicht hierbleiben? Ricki schläft wieder.«

»Wir lassen ihn hier«, entschied Klaus. »So lange wird es sicher nicht dauern.«

In dem großen Raum vor den Schleusentüren standen die Leute dicht gedrängt. Sie alle starrten auf den kreisrunden, weißen Lautsprecher in der Mitte über den Türen. Aus dem Lautsprecher kamen nur krächzende und pfeifende Geräusche.

Wir warteten eine Stunde lang, dann rief der Bunkerwart durch sein Sprachrohr: »Die Übertragung ist gestört. Die Stimme unseres Führers kann nicht zu uns dringen.«

»Wie schade«, sagte ich. Die Leute blickten mich an. Ich wußte nicht, weshalb sie mich so komisch ansahen.

Als wir nach unten kamen, lief Ricki herum und suchte uns.

»Meine Mami schläft, und mein Papi ist vermißt«, rief er.

Die Leute schüttelten den Kopf. Ein Mann mit weißen Haaren gab Ricki ein Hustenbonbon.

»Die Kinder«, seufzte er. »Was wird aus unseren Kindern?«

7

Die Frau war dick. Sie trug einen schwarzen Hut mit einem breiten Rand und einem weißen Band. Ihr Gesicht war rot. Auf ihrer Oberlippe glänzten Schweißtropfen. Der Küchenschemel mit den drei Beinen knackte, als sie sich daraufsetzte. Sie zog ein großes, weißes Taschentuch aus ihrer Handtasche und wischte sich über das Gesicht.

»Ja«, murmelte sie. »Wenn ihr mir doch nur geschrieben hättet. Ich hab' das ja alles nicht gewußt. Ich wär' doch schon früher gekommen.«

»Hast du noch ein Bonbon für mich?« Ricki stand vor der Frau und hatte die Hände auf dem Rücken verschränkt.

»Ricki, man bettelt nicht«, sagte ich.

»Ach, laß ihn doch nur, das liebe, kleine Bübchen.« Die Frau streckte ihre Arme aus und zog ihn auf ihren Schoß.

»Wie riechst du denn?« Ricki bog den Kopf von ihr weg und verzog seinen Mund.

»Wie das Kerlchen schon sprechen kann«, lachte die Frau. »Wie alt bist du denn jetzt, mein Kleiner? Er ist ja schon so groß, als ich ihn das letztemal sah, machte er noch in die Höschen.«

»Vier Jahre, Ricki Thoma«, antwortete mein kleiner Bruder.

»Ach, ist das niedlich, das ist aber wirklich niedlich. Jaja, mein Kleiner.« Sie wiegte Ricki auf ihrem Schoß hin und her.

»Gibst du mir noch ein Bonbon, Tante?« fragte Ricki.

»Du kleiner Nimmersatt!« Die Frau lachte und drohte ihm schelmisch mit dem Finger.

Ricki zappelte ungeduldig mit den Beinen. Er steckte das Bonbon sofort in den Mund.

Die Frau blickte sich in unserem Zimmer um. »Jaja. Was ich noch sagen wollte. Ihr könnt natürlich nicht hier bleiben, das heißt, natürlich nicht allein.«

»Klaus ist ja auch noch da«, sagte ich.

»Ihr seid doch noch Kinder. Wer wird denn Kinder allein lassen?«

Jemand klopfte dreimal kräftig an unsere Tür.

Die Frau schob Ricki von ihrem Schoß. Der Stuhl knackte wieder, als sie aufstand. »Das sind sicher meine Koffer«, ächzte sie.

Vor der Tür stand ein alter Mann mit zwei Koffern.

»Stellen Sie sie nur hierher«, sagte die Frau.

Sie gab dem Mann zwei Mark.

»Bettel«, brummte der Mann.

Die Frau schlug ihm die Tür vor der Nase zu. Dann blickte sie sich in dem Zimmer um. »Ja, dann wollen wir mal auspacken. Komm, hilf mir mal den Koffer mit auf das Bett heben.«

Ich faßte mit an. Ricki sah neugierig zu.

»Hast du noch mehr Bonbons?« fragte er.

»Ja, mein Kleiner, aber erst mußt du sagen, wie die Tante heißt.« Die Frau kraulte Ricki im Nacken.

»Tante Emmy«, sagte er.

»Sieh mal einer an, du weißt meinen Namen noch, du lieber Kleiner.« Tante Emmy gab Ricki einen Kuß.

Aus dem Koffer quollen Kleider und Wäsche heraus. In dem anderen waren Bilder, Tassen und Teller und Bestecke.

Das Zimmer sah bald aus wie ein Kramladen.

»Wie sieht's denn hier aus?« fragte Klaus von der Tür her.

»Ach, mein lieber Klaus!« Die Frau lief mit ausgebreiteten Armen auf meinen Bruder zu.

»Tante Emmy?« sagte Klaus.

»Ja, mein lieber, lieber Junge, du erkennst deine Tante Emmy wenigstens sofort. Die Karin hat mich ja nicht wiedererkannt, aber sie war auch noch zu klein damals. Ich bin dir ja auch nicht böse deswegen, mein Kind.« Sie tätschelte mein Gesicht. Ihre Hand war feucht.

»Aber, was hast du denn da in dem Topf?«

Klaus stellte den Topf mit der Suppe auf den Tisch. »Zuteilung Erbsensuppe.«

»Ach, jetzt merk ich erst, wie hungrig ich bin«, seufzte Tante Emmy. »Komm, Karin, stell die Teller auf den Tisch. Jaja, die lange Fahrt und der überfüllte Zug. Aber ich mußte zu euch kommen. Ich habe es doch geahnt. Eure arme Mutter, und der Vater . . . schrecklich.« Sie schluchzte laut.

»Nun beruhige dich mal, Tante Emmy.«

Ich sah Klaus an.

Er blickte auf seinen Teller.

»Ja, meine lieben Kinder, eure Tante Emmy wird bei euch bleiben. Alles habe ich verloren. Alles haben mir die Bomben zerschlagen. Ich bin eine ruinierte Frau. Aber ich werde euch helfen. Ich werde bei euch bleiben und für euch sorgen. Ich werde alles für euch tun«, schluchzte sie.

»Beruhige dich doch, Tante Emmy«, sagte Klaus.

Sie weinte und schluchzte, aber die Suppe schmeckte ihr gut, das konnten wir alle sehen.

»Jetzt leg ich mich ein Stündchen hin«, sagte Tante Emmy später. Sie faßte an ihr Herz. »Die Anstrengung, wißt ihr . . .«

Das Bett war schmal, aber sie paßte noch darauf. Sie schlief sofort ein.

Klaus wickelte Ricki in die Wolldecke und packte ihn in den Lehnsessel. Er rückte den Sessel mit der Seite an die Wand, wo die Armlehne abgebrochen war. So konnte Ricki nicht herausrutschen.

»Komm raus«, sagte Klaus, als wir die Teller abgewaschen hatten.

Wir hockten uns auf die Treppe vor der Haustür. Als die Sirenen zu heulen begannen, blieben wir sitzen.

»Sie will hierbleiben«, sagte Klaus.

»Wir haben doch nur ein Zimmer«, erwiderte ich.

»Die meisten Leute haben nicht mal ein Zimmer«, erwiderte Klaus.

»Aber wir haben auch nur ein Bett.«

»Dann muß ich eben noch eins besorgen.«

»Du weißt, daß das nicht leicht ist.«

»Meine altkluge Schwester«, Klaus lachte leise. – »Und im übrigen ist sie unsere Tante.«

»Ja.«

»Du hast doch gehört, daß sie alles verloren hat. Wir können sie nicht wegschicken.«

»Natürlich nicht. Es ist sicher gut, wenn sie bleibt«, erwiderte ich.

»Es ist gut, wenn wir nicht allein sind. Sie kann für uns kochen. Sie kann wenigstens so lange bei uns bleiben, bis Vater wiederkommt. Wir haben doch sonst niemanden. Und ich bin froh, wenn ihr nicht den ganzen Tag allein seid.«

»Ja«, sagte ich.

Drüben, hinter den Bäumen, brannte es. Die Flugzeuge brummten. Die Flak schoß schon lange nicht mehr. Irgendwo ging eine Bombe runter. Die Fensterscheiben klirrten.

»Ich halte das nicht aus, ich halte das nicht aus«, jammerte Tante Emmy. Sie stand hinter uns in der Tür. Unter ihrer Bluse zipfelte ein rosa Unterrock hervor.

»Horch, bumbum«, rief Ricki und zog an ihrem Unterrock.

»Du ungezogener Junge«, schimpfte Tante Emmy. Sie wollte nach ihm schlagen, aber dann schubste sie ihn nur fort. »Jaja, die Mutter fehlt«, seufzte sie und zuckte zusammen, als in der Nähe eine Bombe einschlug.

»Du hast Angst«, lachte Ricki und rannte vor ihr davon, die Straße hinunter. Klaus und Tante Emmy liefen hinter ihm her.

Als Klaus ihn eingeholt hatte und zurückbrachte, gab er ihm eine Ohrfeige.

»Horch, bumbum«, sagte er. Ricki begann zu heulen.

»Die Tante braucht ein Bett«, sagte Klaus.

»Ja, die Tante braucht ein Bett«, erwiderte ich.

»Aber wo sollen wir eins herbekommen?«

»Wir könnten zur Ortsgruppe gehen.«

»Ja, die müssen uns eins geben«, stimmte Klaus zu.

Wir gingen hin.

»Heil Hitler«, sagte mein großer Bruder zu dem Mädchen in dem Zimmer.

»Heil Hitler«, antwortete das Mädchen. Ihre Haare lagen in dicken blonden Zöpfen um ihren Kopf.

»Wir brauchen ein Bett«, sagte mein Bruder.

»Zimmer acht, Möbelbezugsscheine«, erwiderte das Mädchen.

Wir gingen den langen Korridor entlang. Durch die zerbrochenen Scheiben pfiff der Wind.

Wir klopften an Zimmer acht an. Niemand rief herein. Wir drückten die Klinke herunter.

Der Mann hinter dem Schreibtisch schlief.

Wir blieben an der Tür stehen.

»Der schläft.«

»Soll ich ihn wecken?« flüsterte mein Bruder.

Ich zuckte mit den Schultern. »Dann wird er vielleicht wütend.« Hinter uns klirrte ein Fenster im Durchzug.

Die Papierbogen auf dem Schreibtisch wirbelten hoch. Der Mann wachte auf. Er hob den Kopf. Seine Augen sahen uns verschlafen an.

»Was wollt ihr?« fragte er.

»Heil Hitler«, sagten wir.

»Heil Hitler«, brummte der Mann.

»Wir möchten ein Bett«, sagte Klaus.

»Wer seid ihr überhaupt?« fragte der Mann.

»Wir heißen Thoma«, erwiderte Klaus. »Wir sind ausgebombt, wir haben kein Bett mehr.«

»Ich kann euch keines geben«, sagte der Mann.

»Das Fräulein hat gesagt, Sie geben uns einen Bezugsschein.«

»Ich habe keine Bezugsscheine mehr.« Der Mann klopfte mit einem Bleistift auf den Schreibtisch.

»Wir sind ausgebombt, unsere Mutter ist tot«, sagte Klaus. »Wir haben auch noch einen kleinen Bruder.«

»Nun macht schon, daß ihr fortkommt«, rief der Mann. »Ich kann euch kein Bett verschaffen.«

9

»Das kann ich doch nicht tun, Kinder. Ich kann euch doch nicht euer Bett wegnehmen«, jammerte Tante Emmy.

»Och, wir können schon mal auf einem Strohsack schlafen«, sagte Klaus.

»Aber ihr Lieben, das geht doch nicht.« Tante Emmy setzte sich auf das Bett. In ihren Augen standen Tränen. Sie blinkerte mit den Wimpern. Die Tränen rollten ihre Backen herunter.

»Es macht bestimmt nichts, leg dich hin, Tante Emmy«, sagte ich.

Sie ließ sich seufzend in die Kissen zurücksinken.

»Wenn ich mich doch nur nicht so schlecht fühlte. Ich bin euch nur eine Last. Wenn ich das gewußt hätte, wäre ich nicht gekommen . . .«

»Nun schlaf mal schön, Tante Emmy«, sagte mein Bruder. »Morgen bekommen wir bestimmt ein Bett.«

Ricki verzog weinerlich sein Gesicht. Er stand neben der Tante und streichelte ihre Hand.

»Bist du krank?«

»Oh, oh«, stöhnte meine Tante. »Wenn doch nur nicht die Schmerzen wären.« Sie tastete nach ihrem Herzen.

»Ihr lieben Kinder . . .«

»Schlaf schön, Tante«, sagte ich. »Wir legen uns jetzt auch hin.«

Ich zog Ricki aus und packte ihn in seinen Lehnstuhl.

Klaus und ich legten uns auf den Strohsack.

Ich konnte nicht einschlafen. Das Stroh piekte und stach durch die Decke hindurch.

»Schläfst du schon?« fragte ich leise.

»Nein«, flüsterte er.

»Es ist so hart.«

»Wir werden schon noch ein Bett finden«, versprach Klaus.

Vom Bett her stöhnte unsere Tante.

»Wir könnten mal zum Kaufhof gehen«, sagte ich.

»Meinst du, man kriegt eins ohne Bezugsschein?« flüsterte Klaus.

»Wenn die noch welche haben, vielleicht.«

»Na, wir können es auf jeden Fall versuchen.«

10

In der Nacht fielen Brandbomben auf den Kaufhof, und er brannte bis in den Keller aus.

Klaus und ich liefen hin und sahen zu, wie die Feuerwehr löschte.

Als wieder Alarm kam, gingen wir in den Luftschutzkeller auf dem Münsterplatz. Dort trafen wir unsere Metzgersfrau.

»Haben Sie nicht ein Bett für uns?« fragte ich.

»Ein Bett? Ach so, ja, ihr seid ja ... ach ja, ach ja, ihr Kinder, nein, ich habe auch alles verloren«, murmelte sie.

»Ihr Haus steht aber noch.«

»Ja aber, ja aber ...«

»Laß doch«, sagte Klaus.

Wir saßen zwischen einem Mann und einer alten Frau. Der Mann spuckte braunen Tabaksaft auf den Boden. Die alte Frau schimpfte.

»Ob die wohl ein Bett haben?« fragte ich.

»Du kennst die doch nicht«, flüsterte mein Bruder. »Wir können doch nicht alle Leute danach fragen. Dann können wir uns auch an die nächste Straßenecke stellen, und jeden fragen, der vorbeikommt.«

»Aber, das wichtigste ist doch, daß wir eins bekommen«, gab Klaus nach einer Weile zu. »Sei mal still. Ich muß überlegen.«

Ich konnte sehen, daß er nachdachte.

»Wir könnten mal in den Trümmern gucken gehen«, sagte er dann. »Unser Sofa war ja auch noch in Ordnung. Ich wünschte nur, wir hätten es mitgenommen. Aber vielleicht finden wir irgendwo ein Bettgestell.«

»Das nützt doch nichts, wenn wir keine Matratzen haben.«

»Was sollen wir denn machen?«

»Ich habe eine Idee«, sagte ich.

»Was denn?«

»Wir müssen in eine Wohnung gehen, die nichts abbekommen hat, wo die Betten noch ganz sind.«

»Du meinst, wir können da eins mitnehmen? So einfach?«

»Ja, wenn wir doch kein Bett kaufen können, und die Partei uns keins gibt? Dann müssen wir eben sehen, daß wir so eins bekommen. Wir müssen nur überlegen, wo noch ein Haus ganz ist, das wir kennen und wo wir bestimmt ein Bett finden.«

Mein Bruder stieß mich in die Seite. »Nicht so laut«, flüsterte er. »Die können uns doch alle hören.«

Die konnten uns aber nicht hören, denn jetzt fielen wieder die Bomben.

11

Als die Entwarnung kam, und wir draußen unschlüssig herumstanden, sagte Klaus: »Das Haus von den Goltz steht doch noch. Die Schlafzimmer sind im ersten Stock. Ich hab' gesehen, daß Frau Goltz das Bettzeug da ausgelegt hat.«

»Wir müssen es machen, wenn Alarm ist«, sagte ich.

»Und wenn sie uns trotzdem schnappen? Wenn die vielleicht nicht in den Bunker gehen?«

»Ja, ich weiß auch nicht . . .«

»Die Goltz haben immer Krach mit der Partei«, sagte mein Bruder.

»Ja, dann – dann könnten wir zur Partei gehen und sagen, die haben uns ein Bett versprochen und wollten es uns jetzt doch nicht geben. Die sind doch bei der Partei nicht gut angeschrieben. Wir müssen auch Bettzeug und Decken mitnehmen.«

»Und wir müssen einen Leiterwagen besorgen«, sagte mein Bruder.

»Den können wir von Herrn Schneider bekommen.«

Auf der anderen Straßenseite in den Trümmern stand noch eine Brandmauer.

Klaus und ich hockten uns dahinter und warteten. Wir konnten das Haus von den Goltz gut sehen. Die Sonne schien warm. Eine Amsel hüpfte über die Steine. Wenn sie sang, sah es aus, als bestehe sie nur aus Kehle und Schnabel.

»Du!« Mein Bruder stieß mich an. »Die gehen weg.«

Drüben hatte sich die Haustür geöffnet. Frau Goltz sagte etwas zu ihrem Mann, der den Schlüssel in das Schloß steckte, um die Tür von außen abzuschließen. Sie wies auf den Leiterwagen, den wir an der Laterne, die keinen Kopf mehr hatte und wie ein S verbogen war, angebunden hatten. Herr Goltz machte eine abwehrende Bewegung mit der Hand. Herr Goltz war nicht eingezogen worden. Er hatte ein schweres Gallenleiden. Er nahm seine Frau am Arm, und sie gingen die Straße hinunter.

»Ob die bald wiederkommen?«

»Weiß nicht«, sagte Klaus.

»Wenn jetzt doch bloß Alarm käme ...«

»Sie sind noch nicht weit genug weg. Dann kämen sie bestimmt zurück.«

Wir lagen hinter der Brandmauer und warteten. Der Postbote warf bei Goltz drei Briefe in den Kasten. Ein Soldat auf einem Fahrrad fuhr vorbei. Ein magerer Hund schnupperte an unserem Leiterwagen, lief dann weiter.

Dann kamen Herr und Frau Goltz zurück. Sie waren nicht lange fortgewesen, und es hatte auch keinen Alarm gegeben. Sie guckten wieder zu dem Leiterwagen hinüber, gingen aber sofort ins Haus.

12

Herr Schneider wollte drei Mark dafür, daß er uns den Wagen geliehen hatte.

»Wir haben nicht so viel Geld«, sagte mein Bruder.

»Du hast gesagt, daß du das Geld hast«, schimpfte Herr Schneider.

»Wir brauchten den Wagen so nötig«, sagte ich.

»Das interessiert mich nicht.« Herr Schneider fuchtelte mit dem rechten Arm in der Luft herum. Sein linker Ärmel war leer. Der steckte in seiner Rocktasche.

»Sie sind aber kein guter Parteigenosse«, sagte ich. »In solchen Zeiten muß jeder helfen.«

»Partei, Partei!« Ich konnte sehen, daß Herr Schneider böse war. »Was versteht ihr Rotznasen schon von Partei! – Ich verdien' mein Geld damit, daß ich den Wagen verleihe. Ihr seid sowieso über die Zeit weggeblieben.«

»Ich gebe Ihnen zwei Mark«, sagte Klaus.

»Drei«, brüllte Herr Schneider.

Mein Bruder warf einen Zweimarkschein auf den Tisch. Wir rannten schnell aus dem Schuppen, in dem Herr Schneider wohnte. Er konnte uns nicht nachlaufen. Er hatte auch nur noch ein Bein.

»Ihr ... ihr ...«, schrie er hinter uns her. Mehr verstanden wir nicht.

In der Nacht kam Alarm.

Tante Emmy wachte nicht auf. Wir legten Ricki in ihr Bett.

»Los, komm«, flüsterte mein Bruder. Er warf mir meine Jacke zu. Wir liefen leise aus dem Haus und rannten dann die Straße hinunter, den Feldweg entlang, zu dem Schuppen von Herrn Schneider. Wir banden den Leiterwagen los, der in einem Verschlag hinter dem Schuppen stand. Er ratterte hinter uns her, als wir ihn zur Clausiusstraße zogen. Ein paarmal kippte er um. Aus einem Rad brach eine Speiche heraus.

Wir ließen den Wagen auf dem Bürgersteig vor dem Haus von den Goltz stehen.

Die Haustür war nur angelehnt. Wir horchten in den Keller, aber da unten war niemand. Wir liefen die Treppe in den ersten Stock hinauf. Drei Zimmertüren waren abgeschlossen. Die vierte klaffte einen Spalt auf. Mein Bruder knipste seine Taschenlampe an. Mitten im Zimmer stand ein breites Bett.

Ich riß das Bettzeug herunter. Es war noch warm. Ich wickelte es zu einem Bündel zusammen.

»Los, komm, die Matratzen«, zischte mein Bruder.

Die Matratzen waren dick und schwer. Es waren drei. Ich warf sie neben dem Bett auf den Boden.

Mein Bruder schlug mit dem Hammer gegen den unteren Bettpfosten. Das Holz knirschte. Er hob das untere Holzteil an, ich zog daran, es knackte. Dann hatten wir es aus den Scharnieren. Die beiden Seitenbretter schlugen polternd mit ihren Enden auf den Boden.

»Jetzt das Kopfende.« Klaus hämmerte, ich zog. Aber das Kopfteil konnten wir nicht anheben. Es war zu schwer.

»Nur den Sprungrahmen«, befahl Klaus.

Wir hoben den Sprungrahmen heraus. Ich klemmte mir die Finger.

»Lauf, bring das Bettzeug runter!«

Ich nahm das Bündel auf und lief die Treppe hinab.

Die Straße war hell. Christbäume standen am Himmel. Flugzeuge brummten.

Ich lief wieder hinauf. Wir warfen die Matratzen einfach die Treppe hinunter.

Wir banden das Bettzeug und die Matratzen mit einem Strick auf dem Leiterwagen fest.

Wir zogen den Karren so schnell wir konnten. Als wir gerade vor unserem früheren Haus waren, begannen die Bomben zu fallen.

»In den Keller!« schrie mein Bruder.

Wir zerrten die Matratzen von dem Wagen und schleppten sie in den Keller. Als wir auch noch das Bettzeug geholt hatten, konnte ich fast nicht mehr atmen.

Wir saßen in dem dunklen Keller.

»Wir müssen noch den Sprungrahmen holen.« Klaus sprach undeutlich, ich konnte ihn kaum verstehen.

»Jetzt gleich?«

»Fang bloß nicht an, Angst zu haben!«

»Hab' ich ja gar nicht. Komm!« Ich lief ihm voran, wieder auf die Straße.

Die ersten Stufen auf der Treppe bei Goltz bekamen wir den Sprungrahmen noch leise runter. Dann konnte Klaus, der sich vorne dagegenstemmte, ihn nicht mehr halten.

Mein Bruder sprang zur Seite, gegen das Treppengeländer. Es sah aus, als falle er kopfüber hinab.

»Laß los!« schrie er noch, dann polterte der Rahmen die Stufen hinunter.

Klaus blutete im Gesicht.

Ich wollte ihm das Blut abwischen.

»Nachher!« Er stieß meine Hand weg.

Wir trugen den Sprungrahmen aus dem Haus und hoben ihn auf den Leiterwagen. Mein Bruder zog den Karren so schnell er konnte. Ich stemmte mich hinten gegen den Wagen und hielt den Sprungrahmen fest.

Wir schafften ihn zu den anderen Sachen in unseren Keller. Als der Alarm vorbei war, mußte ich meinen Bruder wecken. Er war auf den Matratzen eingeschlafen.

13

Am nächsten Abend, als es schon anfing dunkel zu werden, holten wir die Sachen und brachten sie in unser Zimmer. Den Leiterwagen fuhren wir auf den Feldweg, der zu Herrn Schneiders Schuppen führte, und banden ihn an einen Baum.

»Kinder, Kinder, woher habt ihr denn das Bett?« rief meine Tante Emmy. Sie lachte über ihr ganzes breites Gesicht. Sie schlug vor Freude die Hände über dem Kopf zusammen.

»Wie habt ihr das nur fertiggebracht?« fragte meine Tante Emmy. »Nein, Kinder, das ist wirklich zu schön. Jetzt kann ich euch doch endlich euer Bett wiedergeben.«

Das Bett von Goltz war viel breiter als unseres und die Matratzen waren dick und federten. Ein großes Plumeau war auch dabei.

Klaus und ich sahen uns an.

»Ja, jetzt haben wir unser Bett wieder«, sagten wir.

Tante Emmy lag in der Mitte des Bettes. Ihr Gesicht war rot. Auf ihrer Stirn standen Schweißtropfen. Sie hatte die Hände auf der Brust gefaltet.

Ricki stand vor ihr.

»Das ist aber ein feines Bett«, er schlug mit der flachen Hand auf das Plumeau. Es gab einen Knall.

»Nicht, Rickilein, nicht!« Tante Emmy faßte nach ihren Schläfen. »Schau, die arme Tante fühlt sich so schlecht. Diese Hitzeanfälle . . .«

In unserem Zimmer war es sehr warm. Klaus hatte den Ofen in Ordnung gebracht. Er brannte bullernd. Die Platte war rotglühend.

»Kann ich bei dir schlafen, Tante?« fragte Ricki.

»Rickilein, mein Kind, heute abend nicht«, sagte Tante Emmy. »Wenn die Tante sich wieder besser fühlt, dann kannst du jeden Abend bei ihr schlafen.«

14

»Ich hab' ein prima Fahrrad gesehen«, sagte Klaus, als wir abends auf unserer Treppe vor dem Haus saßen.

»Wo denn?« fragte ich.

»In der Quantiusstraße.«

Das war die große Straße, von der die Clausiusstraße abging, in der wir früher gewohnt hatten.

»Und es steht einfach so da?« fragte ich.

»Ja, ich hab' es schon ein paarmal gesehen. Es ist immer an einem Gartentor angekettet.«

»Komm, wir holen es.«

»Das können wir doch nicht«, sagte Klaus.

»Warum hast du es mir dann überhaupt erzählt?«

Klaus zuckte mit den Schultern. »Na ja, ich weiß nicht. Gut gebrauchen könnten wir es auf jeden Fall.«

»Meinst du, es kommt einer und schenkt uns ein Fahrrad? Wir müssen uns schon selbst eines besorgen.«

»Dann gehen wir am besten gleich los.« Klaus stand auf. Sein Hemd knackte in den Nähten. Seine Sachen waren ihm alle zu klein geworden. Er konnte den Kragenknopf nicht schließen, weil es sonst am Hals zu eng war.

»Ich hol' nur meine Jacke«, sagte ich.

»Bleib hier, sonst merkt die Tante was«, befahl Klaus.

Wir rannten die Straße hinunter. Sie war leer. Die Häuser waren dunkel. Schatten krochen aus den Trümmern. Es war still. Eine Katze lief über den Bürgersteig. Sie trug eine Maus quer in der Schnauze. Das war das einzige, was wir sahen, bis wir zur Quantiusstraße kamen.

Das Fahrrad stand noch an dem Gartentor. Es war ein Herrenrad mit einem Gesundheitslenker. Der Lenker war rostig.

Wir rannten die Straße hinunter. Sie war leer. Blickten uns um. Niemand zu sehen.

»Los«, sagte ich. »Mach es los.«

Klaus untersuchte die Kette. Er zog daran. Die Kette schnarrte über den Eisenstab, um den sie gewunden war.

»Ist da kein Schloß?«

»Doch.« Klaus zog sein Taschenmesser aus der Tasche. Er ließ es aufschnappen und klemmte die Klinge zwischen Schloß und Riegel.

Es gab ein leises, knackendes Geräusch. Das Schloß schnappte auf. Wir schauten uns noch einmal um. Die Straße war noch immer verlassen. Ich nahm die Kette und Klaus schob das Rad. Der hintere Reifen war platt. Die Felgen polterten dumpf über den Bürgersteig.

»Wir könnten es eintauschen«, sagte Klaus.

»Sei froh, daß wir ein Rad haben!«

»Aber wir könnten allerhand dafür bekommen.«

»Was denn schon?«

»Wir brauchen noch einen Schrank«, sagte Klaus. »Wir könnten versuchen, einen Schrank dafür zu bekommen.«

»Vielleicht könnten wir uns einen Schrank besorgen – auch ohne Fahrrad.«

»Die Goltz haben es nicht gemerkt«, kicherte Klaus. »Ich meine, das mit dem Bett.«

»Daß sie ein Bett weniger haben, das haben die schon gemerkt, die haben nur keine Anzeige gemacht.«

»Die haben niemandem etwas gesagt. Sonst hätte es der Heiner wissen müssen, der bei ihnen im Hause wohnt.«

»Ist ja auch egal«, antwortete ich. »Auf jeden Fall behalten wir das Rad.«

»Hoffentlich kann ich den Schlauch flicken.«

Die Bombe fiel mitten auf die Straßenkreuzung. Als ich wieder etwas sehen konnte, merkte ich, daß ich im Rinnstein lag, das Rad über meinen Beinen. Neben mir lag Klaus. Er machte ein sehr dummes Gesicht.

»Es war doch kein Alarm«, sagte er und zwinkerte mit den Augen. Er fuhr sich mit dem Jackenärmel über seine staubbedeckte Stirn.

Ich mußte plötzlich lachen. Da fiel die zweite Bombe. Diesmal war es noch näher. Als ich wieder den Kopf hob, hatte ich den Mund voll Wasser aus der Gosse. Ich spuckte es aus. Aber der faulige Geschmack blieb.

»Komm«, keuchte Klaus. Er zerrte das Fahrrad von meinen Beinen. Ich sprang auf. Wir liefen die Straße hinab. Vor uns, wo die Bombe gefallen war, stand eine dicke Rauchwolke. Plötzlich spritzte Sand und Dreck von der Straße auf. Eine Maschine heulte tief herunter.

»Tiefflieger!«

Wir rannten durch einen Vorgarten, eine Treppe hinunter in einen Keller.

Auf einem Tisch brannte Papier. Eine Kerze war umgefallen und hatte es angezündet. Da sahen wir die Frau. Sie lag vor dem Durchbruch.

Es fielen wieder Bomben. Aus dem Nebenhaus schrie es.

Mitten im Durchbruch lag eine Einkaufstasche. Büchsen waren herausgekollert.

Klaus stieg darüber hinweg. Er zerrte mich an der Hand nach. Ich bückte mich und nahm eine der Büchsen auf. In dem Keller auf der anderen Seite war es dunkel. Wir hockten uns direkt neben den Durchbruch auf den Boden.

»Was hast du denn da?« fragte Klaus. Er griff nach der Büchse. Draußen heulte jetzt eine Sirene.

»Eine Büchse aus der Tasche«, erwiderte ich. »Die war herausgekollert.«

»Aus welcher Tasche?«

»Da«, ich zeigte auf den Durchbruch.

»Aber die gehört doch der Frau«, sagte Klaus. »Das können wir doch nicht tun.«

Ich warf die Konservendose zu der Tasche.

»Ich glaube, es ist vorbei.« Klaus stand auf. Wir lauschten. Es war still.

Als wir auf die Straße kamen, brannte der Himmel. Der Rauch hatte die Straße eingenebelt. Sehr weit weg, hinter dem Rauch und dem Feuer, verheulten Motoren. Wir suchten das Fahrrad, aber es war nicht mehr da. Klaus blieb stehen. »Warte einen Augenblick«, sagte er, wandte sich um, ging zurück in den Keller. Er brachte die Tasche mit den Konservendosen mit. Wir rannten schnell nach Hause.

15

»Leg dich hin«, sagte Ricki und stieß nach mir.

Ich ließ mich nach hinten in den Sand fallen. Der Sand war warm. Die Sonne hatte schon den ganzen Morgen darauf geschienen.

»Mach die Augen zu«, befahl Ricki.

Ich schloß die Augen. Die Sonne schien erst gelb und dann rot durch meine Lieder. Die Sonne war sehr warm. Mitten in dem Rot und Gelb war ein schwarzer Punkt. Ich bewegte die Augen. Der Punkt tanzte.

»Du bist tot«, sagte Ricki. »Du wirst jetzt begraben.«

Ich hörte, daß er neben mir auf und ab ging. Dann zog er mir die Sandalen aus.

»Was machst du da?« fragte ich, als er mir auch die Strümpfe auszog.

»Du bist tot«, wiederholte Ricki. »Du brauchst keine Strümpfe mehr.« Er knöpfte meine Jacke auf.

»Laß das«, sagte ich.

»Du brauchst keine Jacke mehr.« Ricki zerrte an meinem Jackenärmel.

Ich schob seine Hand weg und richtete mich auf.

Ricki verzog sein Gesicht.

»Mit dir kann man auch nicht richtig spielen«, sagte er.

»Guck mal, wie gelb das Wasser ist«, versuchte ich ihn abzulenken.

»Och«, machte Ricki. Er schüttelte den Kopf. »Das Wasser stinkt. Es ist dreckig.«

Eine Holzlatte trieb vorbei. Und mitten im Strom drehte sich etwas im Kreis, das aussah wie ein dicker, weißer Luftballon.

»Was ist das?« fragte mein kleiner Bruder.

»Ich weiß es nicht«, sagte ich. Aber ich konnte sehen, was es war.

Ich legte mich wieder in den Sand.

»Komm, wir spielen weiter«, schlug ich vor.

»Du kannst deine Jacke anbehalten«, sagte Ricki großzügig. »Aber du mußt die Augen wieder zumachen.«

Ich schloß die Augen. Von ganz weit her kam Donnerrollen. Das konnte man in den letzten Tagen immer wieder hören. Aber der Himmel blieb blau, es zog kein Gewitter herauf.

Ricki ging langsam um mich herum. Dann begann er zu singen: »Weil ich Jesu Schäflein bin . . .« Das hatte er im Kindergottesdienst gelernt.

Er sang alle drei Strophen. Ich hörte, daß er stehenblieb. Er hustete, dann betete er. »Lieber Gott, mach sie fromm, daß sie in den Himmel komm, Amen.«

Ricki schwieg einen Augenblick lang, dann zog er mein rechtes Augenlid mit seinem Finger hoch. »Jetzt bist du richtig tot«, sagte er. »Jetzt wirst du begraben.«

Er begann, Sand über meine Beine zu schaufeln.

Als der Sand meine Beine traf, wurde mir plötzlich kalt. Ich fror, daß ich zittern mußte.

Ich öffnete schnell die Augen und setzte mich auf.

»Komm«, sagte ich und griff nach meinen Schuhen, »wir gehen jetzt nach Hause.«

»Du kannst nicht nach Hause gehen«, erwiderte Ricki, »du bist tot. Du hast keinen Kopf mehr. Die Bombe hat dir den Kopf abgerissen. Die ganz große Bombe. Die Phiiii macht, wenn sie durch die Luft fliegt.«

»Paß auf, wir laufen jetzt um die Wette nach Hause«, sagte ich. »Klaus ist bestimmt schon da und hat etwas zu essen mitgebracht.«

»Du bist tot«, sagte Ricki. »Du kannst nichts mehr essen. Ich kann jetzt alles allein essen.«

Ich stand schnell auf. Ricki sah mit großen Augen auf den Fluß. »Das weiße Kissen ist weg«, sagte er. »Ich kann es nicht mehr sehen.«

Er bückte sich, hob einen Stein auf, warf ihn ins Wasser.

»Der Stein kann nicht schwimmen«, sagte er. »Der ist auch tot.«

»Komm jetzt.« Ich nahm ihn bei der Hand.

Er stampfte neben mir her, den Uferhang hoch, auf die Straße. Er murmelte leise vor sich hin.

»Was sagst du denn dauernd?« fragte ich.

»Ich bete«, sagte mein kleiner Bruder.

»Warum betest du?«

»Weil die Leute tot sind«, antwortete Ricki.

»Welche Leute?« – »Alle.«

»Das stimmt doch nicht. Klaus lebt noch, und du, und ich, und die Tante.«

»Aber ich hab' gehört, wie die Oma Lauscher zu Frollein Amman gesagt hat, daß alle Leute tot sind. Und daß Mutter auch tot ist, und daß sie nicht schläft, und daß wir alle sterben, wenn die Amerikaner und die Neger kommen, auch die Kinder, ja, besonders die kleinen Jungen und Mädchen. Und man muß beten, hat die Oma gesagt, damit wir nicht noch in der Hölle bestraft werden. Und sie hat gesagt, die Hölle ist nicht schlimmer als die Bomben und das Schießen. Und sie hat auch gesagt, die Hölle ist auf Erden gekommen.«

»Die Oma Lauscher hat das bestimmt nicht so gemeint. Die ist doch schon so alt. Manchmal weiß sie bestimmt nicht mehr, was sie sagt.«

»Du verstehst das nicht«, erwiderte Ricki. »Die Oma Lauscher hat auch gesagt, es ist gut, daß die Kinder das noch nicht verstehen. Und du bist auch noch ein Kind.«

»Guck mal, da fliegt ein Vogel«, sagte ich. »Und da ist ein Käfer, guck mal, wie er über die Steine krabbelt.«

»Kommen Käfer auch in die Hölle?« fragte Ricki.

»Käfer kommen weder in den Himmel noch in die Hölle. Aber alle Menschen, alle Kinder, die brav sind, kommen in den Himmel.«

»Du bist nicht brav«, sagte Ricki. »Du hast gestern Kartoffeln aus dem Sack gestohlen. Du bist schlecht. Ich weiß das ganz genau.«

Ich faßte seine Hand fester, aber er riß sich los und lief vor mir davon.

»Du kommst in die Hölle«, schrie er. »Du kommst bestimmt in die Hölle, in die Hölle.«

»Ich habe nicht gestohlen«, sagte ich, als ich ihn eingeholt hatte. Ich konnte kaum atmen.

»Hast du wohl«, beharrte Ricki.

»Ich hab' die Kartoffeln doch nur mitgenommen, weil wir keine mehr hatten, und weil wir doch was zu essen haben müssen. Du und Klaus, ihr habt ja auch davon gegessen.«

»Ja, wenn du sie doch schon gestohlen hattest«, sagte Ricki.

16

Wir saßen auf der Gartenmauer. Ricki spielte in dem Sandhaufen, den Klaus für ihn aufgeschüttet hatte.

Es war schon dunkel, aber in dem Nachbarhaus brannte in allen Zimmern Licht. Niemand schien sich um die Verdunkelung zu kümmern. In dem Garten des Hauses rannten Soldaten herum.

»Die Kästen hierhin«, schrie einer und riß die Tür zu dem Gartenhäuschen auf. Ein anderer fuhr mit seinem Motorrad über den Rasen um das Haus herum wieder auf die Straße.

»Wann sind die denn gekommen?« fragte Klaus.

»Heute nachmittag«, erwiderte ich.

»Ich habe sie zuerst gesehen«, sagte Ricki. »Da war einer dabei, der hatte rote Streifen an der Hose. Der stieg aus einem Auto.«

»Das war ein General.«

»Sie kamen an unserem Haus vorbei«, sagte ich. »Es waren vier Autos und ein Lastwagen, Motorräder waren auch dabei.«

»Die sind sicher auf dem Rückzug.«

»Ein Soldat hat mir zugewinkt«, erzählte Ricki.

»Ricki hat Sieg Heil geschrien«, sagte ich.

»Und der Soldat hat gewinkt«, nickte Ricki.

»Aber er hat nicht gelacht. Er hatte ein dreckiges Gesicht.«

»Die haben eine weite Fahrt hinter sich. Die waren sicher müde«, sagte Klaus.

»Muß ein Soldat sich jeden Abend waschen?« fragte Ricki.

»Sie haben manchmal keine Zeit dazu«, antwortete ich.

»Dann will ich auch Soldat werden«, rief Ricki. »Wenn ich groß bin, will ich eine Hose mit roten Streifen. Dann fahre ich in einem Auto und wasche mich nie mehr.«

Aus dem großen Fenster im ersten Stock des Hauses streckte ein Mann seinen Kopf heraus.

»Sie da, Gefreiter«, schrie er in den Garten herunter. »Hauptmann Müller soll sich sofort bei mir melden.«

»Jawohl, Herr General!« rief ein Soldat aus dem Garten zurück. »Hauptmann Müller zum Herrn General.«

Der Kopf oben verschwand, und dann konnten wir den General durchs Zimmer gehen sehen. Wir konnten bis hierher das Klappern seiner Absätze hören, wenn er an einem Ende des Zimmers angekommen war und sich umdrehte.

»Der hat ja schon ganz weiße Haare«, sagte ich. »Der ist aber schon alt.«

»Generäle sind immer alt«, erwiderte Klaus.

»Warum sind sie immer alt?«

»Weil es so lange dauert, bis sie General werden.«

»Wenn er so alt ist, muß er bald in den Himmel«, sagte Ricki. »Kommen Generäle auch in den Himmel?«

»Manchmal«, antwortete Klaus.

Oben in dem Zimmer flog die Tür auf.

»Hauptmann Müller«, schrie der General. »Was ist das für eine Schweinerei?«

»Zu Befehl, Herr General«, sagte Hauptmann Müller. Er schlug die Hacken zusammen und legte die Hand an die Mütze.

»Wo bleiben die Fahrzeuge? Die Lkws sind schon seit heute mittag angefordert. Mann, ich frage Sie, wo bleiben sie?«

»Zu Befehl, Herr General, ich habe noch keine Meldung«, erwiderte der Hauptmann.

»Dann kümmern Sie sich gefälligst darum, Mann!« Der General riß die Arme in die Luft, als wolle er den Offizier aus dem Zimmer werfen.

»Zu Befehl, Herr General.«

Ich konnte hören, daß der Hauptmann wieder die Hacken zusammenschlug.

»Warum sagt er immer zu Befehl?« fragte ich.

»Das muß er«, antwortete Klaus.

»Warum kann er nicht einfach ja, Herr General, sagen?«

»Das gehört sich nicht.«

Oben in dem Zimmer klingelte das Telefon. Der General nahm den Hörer ab.

»Mann, sind Sie des Teufels, den Treibstoff nach Köln zu schicken? Hier brauche ich ihn, hier! Ich habe Ihnen doch unsere Position genau durchgegeben. Sorgen Sie gefälligst dafür ... Ja, ja, Mann. Was? Sie können nicht umdirigieren? Das ist Sabotage! Ich werde dafür sorgen, daß man Ihnen das Handwerk legt!« Der General warf den Hörer auf die Gabel zurück.

»Der Treibstoff ist in Köln gelandet«, schrie er den Hauptmann an. »Keine Fahrzeuge, Treibstoff in Köln – wollen Sie mir vielleicht sagen, was wir tun sollen? Morgen kommt hier kein Schwanz mehr durch.«

»Jawohl, Herr General.«

Der General wandte sich um. Er kam zum Fenster und starrte in den Hof hinunter. Plötzlich schlug er mit der flachen Hand auf das Fensterbrett. »Gefreiter, was sollen die Kinder da auf der Mauer?«

»Macht, daß ihr da runterkommt«, rief der Gefreite.

Klaus und ich rutschten von der Mauer.

»Zu Befehl, Herr General«, schrie Ricki. Er legte die Hand an die Stirn. Dann lief er vor uns her ins Haus.

»Was hat der General damit gemeint?«

»Womit?« fragte Klaus.

»Daß hier morgen kein Schwanz mehr durchkommt?«

»Morgen kommen die Amerikaner.«

»Woher weiß er das?«

»Dafür ist er ein General«, sagte Klaus.

17

Ricki rüttelte mich wach.

»Sie sind weg«, sagte er.

»Wer?«

»Die Soldaten.«

Ich richtete mich auf.

»Klaus sagt, jetzt kommen die Amerikaner.«

»Sei doch nicht so laut«, flüsterte ich. »Tante Emmy schläft noch.«

Ricki zerrte an meiner Wolldecke.

»Komm, steh auf! Ich bin schon angezogen.«

Ich guckte ihn an. Er hatte seine Schuhe verkehrt herum angezogen. Ich band sie auf und streifte sie ihm richtig über.

»Hast du dich auch gewaschen, Ricki?«

»Ja.«

»Du lügst!« Ich zog ihn an der Hand über den Flur zur Toilette. Er schrie, als ich ihm mit dem nassen, kalten Waschlappen übers Gesicht fuhr.

»Wenn du nicht ruhig bist, geh' ich nicht mit dir raus«, sagte ich.

Ricki war sofort still.

»Da liegen Kisten im Garten«, sagte er. »Und in der Ecke qualmt es. Da haben sie was verbrannt, neben dem Gartenhaus.«

»Bist du drüben gewesen?« Ich zog meine Schuhe an und knöpfte mein Kleid zu.

»Nein.«

»Du lügst schon wieder.«

»Ja, ich bin aber nur bis zur Mauer gelaufen.«

Es war kalt draußen. In der Nacht hatte es noch einmal gefroren. Ricki lief zur Regentonne und schlug die dünne Eisdecke mit einem Stein auf.

»Laß das, komm lieber«, rief ich.

Wir rannten durch den Garten und stiegen auf die Mauer. Ricki war zuerst oben. Er konnte besser klettern als ich.

»Die Soldaten sind alle fort«, sagte er.

Alle Fenster und Türen im Haus waren offen. Man konnte von einem Zimmer ins andere sehen. Die Möbel standen unordentlich herum. Im Garten und auf dem Hof lagen Kisten und umgekippte Fässer. In der Ecke neben dem Gartenhaus war ein schwarzer Haufen, aus dem Qualm aufstieg.

»Da haben sie was verbrannt«, sagte Ricki.

Der Wind wirbelte schwarze Flocken hoch.

»Die haben da Papier verbrannt.«

Wir ließen uns an der anderen Seite der Mauer herab. Ricki riß seine Hose kaputt.

»Paß doch besser auf«, schimpfte ich. »Das ist deine einzige Hose.«

»Du kannst sie ja wieder nähen«, rief Ricki. Er lief zu einer der leeren Tonnen. Er streckte seinen Kopf hinein und zog ihn sofort wieder zurück. »Das stinkt aber«, rief er.

Es roch nach Benzin.

Wir durchstöberten die leeren Kisten. In einer lag eine kleine Büchse.

»Was ist das?« fragte Ricki.

Die Büchse war grau. Die schwarzen Buchstaben darauf waren unleserlich.

»Ich weiß nicht«, sagte ich.

»Lies doch«, verlangte Ricki.

»Die Schrift ist verwischt.« Ich steckte die Büchse in meine Jackentasche.

Das Haus war leer. Hier lag ein umgestürzter Stuhl, da hatten sie ein Sofa von der Wand gerückt. Alle Schranktüren standen offen.

»Die sind aber schnell weggefahren«, sagte Ricki.

»Die hatten es eilig.«

»Haben die Angst vor den Amerikanern?« fragte Ricki.

»Ich weiß es nicht.« Plötzlich klingelte ein Telefon. Das kam sicher aus dem Zimmer, wo der General gewesen war.

Es schrillte immer wieder.

»Komm«, flüsterte Ricki. »Die merken sonst, daß wir hier sind.«

»Du bist dumm. Wie sollen sie das merken?«

Ich lief vor ihm die Treppe hinauf. Er blieb unten stehen. Das Telefon klingelte noch immer.

Der schwarze Apparat stand auf einem leeren Schreibtisch.

Ich nahm den Hörer ab. Am anderen Ende der Leitung rief jemand aufgeregt: »Hallo Adler, hallo Adler, so antworten Sie doch . . .« Ich hielt den Hörer ans Ohr. »Hallo! Hallo!« schrie die Stimme. Ich legte den Hörer wieder auf.

Ricki stand noch unten an der Treppe.

»Was hast du gemacht?« fragte er.

»Ich hab' den Telefonhörer abgenommen.«

»Au weh, jetzt wissen sie, daß wir hier sind«, flüsterte er.

»Sei nicht dumm. Ich hab' doch nicht geantwortet.«

Ricki machte ein nachdenkliches Gesicht.

»Die sind geflüchtet. Der General ist abgehauen.«

»Ach komm«, sagte ich. Wir liefen wieder hinaus in den Garten.

»Kinder«, rief Tante Emmy. »Kinder, wo seid ihr denn?«

Wir kauerten uns unten an die Mauer. Als Tante Emmy nicht mehr nach uns rief, kletterten wir hinüber in unseren Garten.

»Wo wart ihr denn? Ich habe mir solche Sorgen gemacht«, jammerte Tante Emmy. »Es ist kein Brot mehr da, wir müssen welches holen.«

»Es war doch noch welches im Kasten«, sagte ich.

»Hat das vielleicht der kleine Ricki gegessen?« Sie streichelte meinem kleinen Bruder über den Kopf.

»Nein«, antwortete Ricki. »Ich habe geschlafen. Aber du bist doch aufgestanden. Heute morgen, als Klaus gerade weg war. Du hast das Brot doch gegessen.«

»Ach ja, ach ja, ich hatte es ganz vergessen. Aber es waren ja nur noch zwei Scheiben«, sagte Tante Emmy. »Wir müssen sowieso neues holen. Aber was hast du denn da in der Jacke, Karin?«

Ich hatte ganz vergessen, daß ich die Büchse eingesteckt hatte. Ich zog sie heraus und hielt sie ihr hin.

»Wo hast du die denn her?« Tante Emmy setzte ihre Brille auf, aber sie konnte auch nicht lesen, was auf der Büchse stand.

»Was ist denn das?« fragte sie wieder.

»Mach sie doch mal auf«, sagte Ricki.

Tante Emmy nahm den Büchsenöffner aus der Tischschublade. In der Büchse war eine graue Paste. Wir rochen nacheinander daran.

»Das ist Brotaufstrich«, sagte Tante Emmy.

»Es riecht nach Fisch.«

»Laß mich mal probieren.« Ricki fuhr mit dem Zeigefinger hinein.

Er spuckte die Paste sofort wieder aus.

»Schmeckt nicht!« Er schüttelte sich.

18

»Paß auf, die ziehen mich auch noch ein«, sagte Klaus und ging langsamer.

»Ach Quatsch«, erwiderte ich. »Du bist doch zu jung.«

»Ich war ja auch nicht zu jung, um zum Schanzen zu gehen.«

»Das war etwas anderes. Das war doch, weil du in der HJ warst.«

»Na und?« Klaus schlug mit der Hand durch die Luft. »So anders war das auch nicht. Wir haben ganz schön Tieffliegerbesuch gekriegt. Und die Artillerie war auch nicht weit.«

»Aber es ist keinem von euch etwas passiert. Das ist doch was anderes als die Front.«

Klaus zerknüllte den Zettel in der Hand, den er am Mittag von der Ortsgruppe bekommen hatte.

»Du wirst sehen, die ziehen mich noch ein. Den Rolf aus unserem Trupp haben sie in der vorigen Woche geholt.«

»Der war auch ein Jahr älter als du«, sagte ich.

»Als wenn das ein Unterschied wäre.«

»Die können dich doch nicht einziehen, du bist doch für uns verantwortlich.«

»Und wenn die wissen, daß unsere Tante bei uns ist?«

Klaus stieß die Tür zur Ortsgruppe auf. Von der Glasscheibe in der Tür standen nur noch spitze Zacken im Kitt.

Die Halle war leer. Klaus guckte auf seinen Zettel.

»Im ersten Stock, Zimmer einhundertneunzehn, muß ich mich melden«, sagte er.

Das Zimmer sah aus, als wenn schon lange niemand hier gewesen wäre. An den Wänden hingen keine Führerbilder mehr. Die Karteikästen neben dem Schreibtisch zeigten ihren staubigen Boden.

»Du, die haben hier ausgeräumt.«

»Ja, die haben alles ausgeräumt.« Klaus ging um den Schreibtisch herum. Die Schubfächer waren herausgezogen. Sie waren leer. Nur in einem stand ein flacher Kasten.

»Was ist da drin?« fragte ich.

»Guck doch nach.«

Ich klappte den Deckel hoch. Die Kassette war bis an den Rand mit runden Parteiabzeichen gefüllt.

»Das haben die vergessen«, sagte ich.

»Vielleicht brauchen sie das nicht mehr«, erwiderte Klaus.

»Ich nehm' ein paar mit. Ricki hat so was gern.« Ich nahm eine Handvoll auf und steckte sie in die Tasche. »Ricki kann damit spielen.«

Am Fenster knatterte es. Ich drehte mich um. Die Vorhänge flappten im Wind.

»Guck mal, das ist aber ein schöner Stoff.«

»Den können wir brauchen«, antwortete Klaus langsam.

Der Stoff war blauweiß gesteift. Aber es waren auch braune Streifen darin. Die kamen von der Sonne.

»Kannst du die abmachen?« fragte ich.

»Mal sehen.« Klaus stieg auf das Fensterbrett. Er mußte sich auf die Zehenspitzen stellen, um an die Stange heranzukommen, an welcher die Vorhänge befestigt waren.

»Du, da kommt jemand«, flüsterte ich. Draußen über den Flur kamen Schritte. Klaus sprang vom Fensterbrett herunter.

Wir gingen zur Tür. Über den Flur schlurfte ein alter Mann.

»Hallo!« rief Klaus. Der Mann drehte sich um.

»Ja?« fragte er.

»Ich soll mich melden«, sagte Klaus.

»Was hast du gesagt?« Der alte Mann kam auf uns zu. Er sah uns mißtrauisch an.

»Ich sollte mich hier in Zimmer einhundertneunzehn melden«, wiederholte Klaus. »Aber da ist niemand mehr.«

»Ja.« Der alte Mann schüttelte den Kopf. »Da geh mal runter. Da sind noch welche.« Er drehte sich um und schlurfte davon.

»Komischer Kerl«, murmelte Klaus.

»Die Vorhänge ...«, sagte ich. Wir warteten, bis der Mann um die Flurecke verschwunden war.

Klaus stieg wieder auf das Fensterbrett. Als er an dem Stoff zerrte, riß er ein. Aber Klaus bekam beide Vorhänge ab.

»Steck sie in deine Windbluse«, bat ich. Klaus faltete sie zusammen und packte sie in seine Jacke. Man konnte nichts sehen.

»Wir hauen am besten ab«, sagte Klaus. »Hier ist ja niemand mehr, also können sie mir auch nichts wollen.«

»Ich weiß nicht – laß uns doch mal unten gucken. Vielleicht finden wir etwas, das wir brauchen können.«

»Die Vorhänge können wir als Bettücher benutzen«, sagte Klaus.

»Ich wasche sie und leg' sie hinter das Haus zum Trocknen auf den Rasen«, antwortete ich. »Wir haben sie von einer Bekannten gekriegt, wenn Tante Emmy fragt.«

Wir gingen wieder in das Erdgeschoß hinunter. Wir öffneten drei, vier Türen. Die Zimmer waren leer. Hinter einer Tür, am Ende des Ganges, hörten wir ein Geräusch, als wenn jemand Papier zerrisse.

An der Tür war ein weißes Schild ›Ortsgruppenleiter Höhner‹. Wir blieben davor stehen. Wir lauschten.

»Das hört sich an, als wenn es da drinnen brennt.«

»Aber es kommt kein Qualm durch«, sagte ich, denn die Tür schloß nicht ganz mit dem Fußboden ab.

Drinnen war es plötzlich still, nur das Knistern war noch zu hören. »Ist da jemand?« rief eine Stimme.

»Das hast du davon«, zischte Klaus.

Feste Schritte kamen zur Tür, dann wurde sie aufgerissen. Ein Mann ein einem grauen Anzug mit einem roten, dicken Gesicht stand vor uns. Seine Augenbrauen zogen sich zusammen.

»Was wollt ihr hier?« stieß er hervor.

»Heil Hitler!« sagte Klaus.

Der Mann antwortete nicht.

Ich konnte sehen, daß im Kamin ein Feuer brannte. Es roch nach brennendem Papier.

»Was wollt ihr?« wiederholte der Mann und stellte sich so, daß ich nicht mehr ins Zimmer blicken konnte.

»Ich sollte mich melden«, erwiderte Klaus. »Hier«, er hielt dem Mann den Zettel hin.

»Heute nicht mehr.« Der Mann schob die Hand von Klaus beiseite. »Komm morgen wieder.«

»Morgen . . .?«

Der Mann schlug die Tür zu. Wir blieben noch einen Augenblick lang stehen. Wir hörten, wie er leise vor sich hinfluchte, dann wieder das Zerreißen von Papier.

»Komisch, der hatte ja keine Unfiorm an.«

»Komisch«, wiederholte Klaus. »Der hatte sonst immer eine braune Uniform an. Das war doch der Ortsgruppenleiter. Ich hab' mal ein Bild von ihm in der Zeitung gesehen.«

Draußen vor dem Haus stand ein kleiner grauer Wagen mit laufendem Motor. Ein Fahrer saß hinter dem Steuer. Hinten, auf dem Rücksitz, hockte ein Mädchen mit langem, braunem Haar. Sie blickte uns an, als wir an ihr vorübergingen. Sie sah aus, als hätte sie vor irgend etwas Angst.

An der Ecke drehte ich mich noch einmal um. Ich sah, wie das Mädchen etwas zu dem Fahrer sagte. Er wollte sie am Arm festhalten, aber sie machte sich los und lief in das Haus.

»Das war seine Freundin«, sagte mein Bruder.

»Die war aber noch jung.«

»Freundinnen sind immer jung«, erwiderte Klaus.

19

Am darauffolgenden Morgen ging mein Bruder wie immer zum Sammelplatz der Truppe für Aufräumungsarbeiten. Er kam bald wieder zurück. »Es war niemand da«, sagte er. »Ich habe eine Viertelstunde gewartet, dann bin ich auch gegangen.«

»Das ist der Anfang vom Ende«, jammerte meine Tante Emmy. Sie saß am Tisch und spielte mit Ricki ›Mensch ärgere dich nicht‹. Tante Emmy legte die Würfel auf den Tisch und faltete die Hände.

Sie nickte langsam mit dem Kopf. »Ja, ja, jetzt ist es soweit, jetzt ist es vorüber. Wir müssen tapfer sein.«

Ricki sah sie von der Seite an, dann rückte er schnell seine Spielfigur vor. Er hatte nicht gewürfelt. Aber Tante Emmy sah es nicht.

»Wir müssen sehr tapfer sein«, wiederholte Tante Emmy.

Mein Bruder und ich blickten uns an.

»Seit gestern war kein Alarm mehr«, sagte Klaus. »Und sonst kam jede Nacht Alarm.«

Er drehte an den Knöpfen des Volksempfängers, den wir aus

dem zerstörten Radiogeschäft mitgenommen hatten. Aber von allen Sendern kam nur lautes Pfeifen.

»Es war auch heute morgen schon nichts drin«, sagte ich.

»Das ist der Anfang vom Ende«, flüsterte Tante Emmy.

Sie legte den Kopf auf die Hände und begann zu schluchzen.

Ricki preßte die Lippen zusammen und starrte sie an.

»Du weinst ja gar nicht«, sagte er. »Guckt mal, die Tante Emmy kann gar nicht richtig weinen!«

»Sei schön lieb, Ricki«, sagte ich.

Ich legte Tante Emmy den Arm um die Schultern. »Was hast du denn, reg dich doch nicht auf, Tante.«

»Was – was werden sie mit uns machen«, schluchzte Tante Emmy. »Was werden sie mit uns machen? Die Neger! Sie haben Negersoldaten!«

»Ein Neger hat eine schwarze Haut«, sagte Ricki. »In meinem Bilderbuch ist einer.«

Er lief zum Schrank und zog die Schublade heraus, wo seine Spielsachen drin waren.

»Guck mal, Tante Emmy, das ist ein Neger.« Er wies mit dem Finger auf den Mohren in seinem Bilderbuch. »Der sieht aber doch lieb aus.«

Tante Emmy verbarg ihr Gesicht in ihren Händen.

»Leg das Buch wieder fort, Ricki«, befahl Klaus. »Tante Emmy mag es jetzt nicht sehen.«

»Es ist aber ein so schöner Neger!« Ricki betrachtete ernsthaft den Mohren. »Er hat eine dicke Nase, und er ist ganz schwarz. Er hat ein rotes Tuch um den Kopf gebunden. Tante Emmy, haben Negersoldaten auch ein rotes Tuch um den Kopf gebunden?«

»Laß die Tante doch«, sagte ich. »Guck, sie fühlt sich nicht wohl.«

Tante Emmy hob plötzlich den Kopf. Ihre Augen waren hinter ihren geschwollenen Lidern ganz klein. Sie breitete die Arme aus. Sie stand auf. Sie umfing uns alle drei.

»Kinder«, rief sie, »und wenn ich mein Leben geben muß, euch werde ich verteidigen, bis kein Blutstropfen mehr in mir ist!«

Sie keuchte. Sie preßte meinen Kopf an ihre Brust. Ich konnte ihr Herz schlagen hören. Es schlug schwerfällig und ganz langsam.

Plötzlich ließ sie die Arme wieder sinken. Ihre Beine gaben unter ihr nach. Sie fiel wieder auf ihren Stuhl. Ihr Gesicht wurde blaurot.

Ich lief zum Wasserkrug und goß ein Glas voll ein. Ich hielt es an ihren Mund. Sie stieß meine Hand weg. »In meinem Koffer«, keuchte sie. »Die Flasche . . .«

Klaus öffnete ihren Koffer. Unter ihrer rosa Unterwäsche zog er eine Flasche heraus. Auf dem Etikett waren drei Sterne. Sie war noch halb voll. Er goß etwas davon in ein Glas. Tante Emmy trank es in einem Schluck. Sie zog meinen Kopf zu sich herunter. »Ich muß mich hinlegen«, flüsterte sie. »Koch du doch bitte das Abendbrot. Die Belastung – die Belastung war zu viel.« Ihr Atem roch nach Schnaps. Ich half ihr beim Aufstehen und führte sie zum Bett.

»Jetzt darf ich wieder nicht bei der Tante schlafen«, murrte Ricki. »Immer bist du krank, Tante.«

20

Aber die Leute aus dem Haus sagten uns, ihr könnt froh sein, daß sich eure Tante so liebevoll eurer annimmt.

Am nächsten Mittag, als wir die Artillerie zum erstenmal ganz deutlich hören konnten, packte Tante Emmy ihren Koffer.

»Ich habe die ganze Nacht überlegt«, sagte sie, »aber ich muß fort. Es hat keinen Zweck. Kindern tun sie ja nichts, aber mir . . .«

»So hilf mir doch, es wird höchste Zeit«, jammerte sie.

Ich half ihr.

»Ich würde euch ja mitnehmen«, greinte Tante Emmy. »Aber ich kann die Verantwortung nicht auf mich nehmen.«

»Ich gehe auch nicht mit dir«, sagte Ricki. »Du hast ja keine Bonbons mehr.«

»Ah, Rickilein«, schluchzte Tante Emmy. »Mein Kleiner . . .«

In diesem Augenblick kam die große Explosion. Ricki kroch heulend unter den Tisch.

Tante Emmy warf wahllos ihre Sachen in die Koffer. Sie zerrte ihren Mantel über und band ein Tuch um den Kopf. Es war ein Handtuch, aber das merkte sie wohl nicht. Dann stülpte sie ihren Hut auf.

Ricki und ich guckten ihr nach, als sie mit ihren schweren Koffern in beiden Händen die Straße hinunterkeuchte, und dann sahen wir, wie Klaus ihr entgegenkam. Tante Emmy ließ die Koffer fallen. Der eine kippte um, als sie sich auf ihn setzen wollte, und sie saß daneben. Klaus half ihr beim Aufstehen. Er sprach mit ihr. Plötzlich warf sie beide Arme in die Luft, und wir konnten ihr Schreien bis zu uns hin hören.

Dann kam sie mit Klaus zurück.

»Sie kann nicht mehr fort«, sagte Klaus. »Die Brücke ist gesprengt.«

»War es ein großes Feuer?« fragte Ricki.

»Nein.«

Tante Emmy jammerte und weinte, aber sie beruhigte sich bald, als Klaus Brot und Wurst auspackte.

Drei Tage später fuhren die ersten Panzer in die Straße. Es war strahlender Sonnenschein. Es war der erste Frühlingstag.

Tante Emmy saß auf dem Bett und hielt Ricki im Arm. »Ich werd' dich beschützen, ich werd' dich verteidigen, o Gott, was werden sie mit uns machen«, jammerte sie.

Als der Soldat in der Khakiuniform in der Tür stand, eine Maschinenpistole in der Hand, und uns alle wortlos musterte, blieb ihr vor Schreck der Mund offen stehen.

Dann fiel sie auf die Knie und schubste Ricki dem Soldat entgegen.

»Meine Kinder, meine Kinder! Erbarmen! Ihr seid unsere Befreier!« schrie sie dem Soldat entgegen.

»Okay!« Der Soldat drehte sich um und ging hinaus.

21

Ich saß in der Bunkerzelle. Es war sehr dunkel. Ich konnte nichts sehen und nichts hören. Das Pfeifen der Geschosse, die über den Fluß zum anderen Ufer flogen, war draußen geblieben, als ich die Schleusentür hinter mir geschlossen hatte.

Zum ersten Male war ich allein hier. Ich war unterwegs gewesen zum Brotholen, als die Schießerei begann. Da war ich fortgelaufen, hierher in den Bunker.

Ich hatte mich auf die Holzbank gesetzt und die Beine hochgezogen, den Rücken an die Wand gelehnt. Aber ich mußte wieder von der Mauer abrücken. Sie war naß, und ich fror.

Meine Augen gewöhnten sich an die Dunkelheit.

Auf dem Tisch an der gegenüberliegenden Wand stand eine Kerze. Eine Streichholzschachtel lag daneben. Das merkte ich, als ich über den Tisch tastete. Ein Zündholz war noch drin. Es dauerte lange, bis es zündete. Die Reibfläche war feucht.

Dann brannte die Kerze endlich. Ich stellte meine Einkaufstasche auf den Tisch. Die Flamme flackerte. Sie warf einen langen Schatten von der Tasche an die Wand.

Ich beobachtete den Schatten. Einmal sah er aus wie ein Wolfskopf, dann wie ein langer Arm; dann fiel er in sich zusammen und wurde zu einer geballten Faust.

Ich beobachtete Kerze und Schatten und wußte bald nicht mehr, wie lange ich schon hier saß. Ich versuchte, mich zu erinnern, ob ich wirklich im oberen Stockwerk des Bunkers, bei den großen Gemeinschaftszellen, Licht gesehen hatte, als ich vorbeilief. Vielleicht hatte ich auch Stimmen gehört. Aber ich war nicht sicher.

Ich lauschte nach oben. Es war alles still. Dann hörte ich plötzlich Lachen. Eine Frau lachte. Wieder war es ruhig. Dann kam ein Gepolter, und dann Schritte.

Ich stand auf und öffnete vorsichtig die Tür.

Ich hörte es ganz deutlich. Am Ende des Ganges kamen Schritte die Treppe herunter. Die Füße waren unsicher. Jetzt stolperten sie. Dann fiel jemand hin. Gleich darauf fluchte eine Stimme. Ich verstand die Sprache nicht.

Ich schloß vorsichtig die Tür, blies die Kerze aus und setzte mich auf das Luftschutzbett. Draußen war es wieder still.

Dann kamen die Schritte näher, den Flur entlang. Sie waren vor meiner Tür und gingen weiter. Ich konnte hören, daß es ein Mann war, der vorbeiging. Am Ende des Ganges kehrte er um, und dann fiel der Lichtschein durch die obere Türritze. Ich preßte die Hand vor den Mund. Ich hörte, wie sich der Mann draußen auf eine Bank setzte.

Ich blickte durch das Schlüsselloch, sah nichts. Aber da war ein sonderbares Geräusch. Plötzlich wußte ich, daß es Schnarchen war.

Ich zog die Schuhe aus, nahm sie in die Hand, klinkte vorsichtig die Tür auf und trat in den Gang. In der Nähe der

Treppe lag eine brennende Taschenlampe. Das Licht war grell und weiß. Ich ging auf Zehenspitzen darauf zu. Auf der ersten Bank, gleich neben den Stufen, saß der Mann. Er hatte ein schwarzes Gesicht. Seine Augen waren nicht ganz geschlossen. Zwischen den Lidern schimmerte ein weißer Streifen. Sein Unterkiefer war heruntergefallen. Ich konnte seine großen, weißen Zähne sehen.

Ich stolperte die Treppe hinauf, so schnell ich konnte. Aus jedem der vier Gänge, die zum Ausgang führten, fiel Licht.

Ich lief wieder zur Treppe zurück. Ich wußte nicht, was ich tun sollte. Ich konnte doch nicht wieder hinunter, dahin zurück, wo der Neger saß. Was würde geschehen, wenn er aufwachte?

Ich zog die Schuhe an und bog in den ersten Gang ein. Die Gemeinschaftszellen hatten keine Türen. Durch die leeren Rahmen fiel flackernder Kerzenschein in den Gang.

Frauen und Soldaten saßen in den Zellen. Ich konnte nicht sehen, was sie taten. Ich ging zu schnell vorbei. Die Frauen kreischten, die Männer lachten und sangen. Sie sangen Soldatenlieder.

Als die Frau vor mir aus einer der Zellen wankte, drückte ich mich gegen die Mauer. Sie trug nur einen Unterrock. Der Soldat versuchte, sie an Haaren und Schultern zurückzuzerren.

»Laß das, laß das«, schrie sie.

»Shut up!« keuchte der Soldat. Er warf die Frau herum und preßte sie gegen die Wand. Er riß mit beiden Händen ihren Unterrock herunter.

Als ich oben vor dem Bunkerausgang stand, merkte ich, wie sehr es unten nach Schnaps gerochen hatte.

Hier draußen stank es nach verbranntem Gras. Eine Granate war auf der Wiese am Flußufer explodiert. Das Gras brannte.

Die Artillerie schoß nicht mehr.

Ich lief nach Hause. Meine Tante jammerte, weil ich so spät kam und kein Brot mitbrachte. Die Rationen für heute waren schon verteilt gewesen, als ich zum Bäckerladen kam.

An einem Abend, als Tante Emmy bei Oma Lauscher war, schickte Klaus Ricki in den Garten.

Er kramte lange im Schrank herum und zog dann ein Lappenbündel hervor.

Er sah mich fest an. »Versprich mir, daß du niemandem etwas sagst.«

»Das tu ich doch nicht. Das weißt du doch.«

»Schwöre es!« verlangte Klaus.

»Ich schwöre es.«

»Gut!« Klaus setzte sich an den Tisch und wickelte das Päckchen auseinander.

»Woher hast du denn das?« fragte ich überrascht.

Er drehte die Pistole in seiner Hand hin und her, wickelte sie dann vorsichtig in sein Taschentuch und steckte sie in seine Jackentasche. Die Tasche beulte aus. Er nahm die Pistole wieder heraus und schob sie in die Brusttasche. So konnte man nichts sehen.

»Ich hab' sie von einem Soldaten«, sagte er.

»Von einem Amerikaner?«

»Sei nicht so blöd, von einem Deutschem, natürlich.«

»Wieso?«

»Na, auch ein Andenken.«

»Aber . . .«

»Sei still«, zischte er. »Die Tante kommt.«

Draußen kamen die schweren Schritte meiner Tante Emmy die Steintreppe zu unserem Zimmer herunter.

»Ach, Kinder, diese Hitze«, stöhnte sie und ließ sich auf den nächsten Stuhl fallen. »Solch eine Hitze hat es im April noch nie gegeben.«

»Sei doch froh«, sagte ich. »Wir brauchen wenigstens nicht mehr zu heizen.«

»Ich muß noch mal fort.« Klaus hielt eine Hand verstohlen auf seine Brusttasche.

Spät in der Nacht kam er zurück.

Er weckte Ricki, hielt ihm die Hand vor den Mund, damit er nicht sprechen sollte, als er ihn aus dem Zimmer trug. Wir gingen in den Hof hinter dem Haus.

»Seid leise«, flüsterte Klaus. »Damit niemand etwas merkt.«

Er zog drei große Riegel Schokolade aus der Tasche.

Rickis Augen wurden rund.

»Ohhh«, hauchte er. Klaus lachte leise. Er riß das knisternde Silberpapier von dem einen Riegel und hielt ihn Ricki hin. »Iß, aber langsam.«

»Woher hast du das?« Ich lutschte die Schokolade so langsam ich konnte. Mein Mund war mit dem weichen, klebrigen, süßen Brei angefüllt.

»Für die Pistole«, flüsterte Klaus.

»Aber das ist doch gefährlich. An der Straßenecke ist ein Anschlag, daß alle Waffen abgeliefert werden müssen.«

»Der Ami quatscht schon nicht«, sagte mein Bruder. »Und guck mal, ich hab' noch mehr.«

Er zog drei Päckchen Zigaretten und vier kleine graue Büchsen aus der Tasche.

»Zigaretten und Kaffee«, sagte ich. »Das gibt Brot und Butter.«

Klaus lachte zufrieden.

»Ricki will mehr Schokolade«, murmelte mein kleiner Bruder mit vollem Mund. Klaus brach seinen Riegel durch und gab ihm die Hälfte. »Ihr dürft aber nichts der Tante verraten.«

»Natürlich nicht«, sagte ich.

»Ricki sagt nichts, bestimmt nicht«, murmelte Ricki. Er legte seine Hand mit den braunen Schokoladenfingern auf sein Herz. Das Nachthemd bekam dunkle klebrige Flecken.

23

Am nächsten Morgen kam die Militärpolizei. Sie trugen runde Stahlhelme, auf denen in weißen Buchstaben ›MP‹ stand. Einer trug einen alten Ledermantel. Das war der Dolmetscher.

»Wo ist der Junge?« fragte der Dolmetscher.

»Mein Bruder ist nicht da.«

Meine Tante wollte aus dem Zimmer gehen.

»Auf Wiedersehen, Kinder, ich komme euch wieder besuchen«, rief sie.

»Wer ist das?« fragte der Dolmetscher.

»Meine Tante«, erwiderte ich.

»Bleiben Sie hier«, befahl der Dolmetscher. Er hatte ein gelbes Gesicht. Ich hatte ihn früher schon ein paarmal gesehen, bevor die Amis kamen. Damals machte er Besorgungen für den Ortsgruppenleiter.

Der Dolmetscher gab meiner Tante einen harten Schubs. Sie setzte sich zitternd auf einen Stuhl.

Die beiden Militärpolizisten setzten sich an den Tisch. Der eine sagte sehr schnell etwas auf Englisch.

»Wo ist dein Bruder?« fragte der Dolmetscher.

»Er ist Milch holen«, antwortete ich. »Er kommt gleich zurück.«

»Wie heißt du?« fragte der Dolmetscher.

»Karin Thoma.«

»Wie alt ist dein Bruder?« – »Fünfzehn.«

»Du weißt, was er getan hat?«

Ich schüttelte den Kopf.

»Er hat unerlaubt eine Waffe besessen und sie gestern an einen Amerikaner verkauft.«

Der eine Militärpolizist sagte wieder etwas. Diesmal sprach er noch schneller und lauter.

»Wo sind die anderen Waffen?« fragte der Dolmetscher.

»Wir haben keine Waffen«, sagte ich.

»Gib zu, daß dein Bruder eine Pistole hatte!« schrie der Dolmetscher. »Er kommt ins Gefängnis dafür. Er wird erschossen.«

»Ogottogott«, jammerte Tante Emmy.

»Halten Sie Ihren verdammten Mund«, rief der Dolmetscher. »Also los, wo sind die anderen Waffen?«

»Wir haben keine Waffen, und überhaupt, wir haben nie welche gehabt!«

»Du lügst«, zischte der Dolmetscher.

Er stieß mich vor sich her zum Schrank. »Mach auf!« befahl er.

Ich öffnete die Schranktüren.

Der Dolmetscher riß die Sachen heraus. In zwei Minuten hatten wir kein Geschirr mehr. Es lag in Scherben auf dem Boden.

Der Dolmetscher zog unsere Kleider aus den Schubladen und warf sie dazu.

Ricki, der auf dem Bett saß, begann zu weinen.

Der Dolmetscher riß alles heraus, was nur herauszureißen war, aber wir hatten keine Waffen mehr.

Die beiden Amerikaner sahen kaugummikauend zu.

»Stop!« sagte dann der eine von ihnen, und ich merkte erst jetzt, daß mein Bruder Klaus hereingekommen war.

»Bist du der Klaus Thoma?« schrie der Dolmetscher.

Er riß Klaus das Paket aus dem Arm, zerfetzte das Packpapier und warf die Butter und das Brot auf den Boden.

»Das hast du wohl eingetauscht, wie? Für unerlaubten Waffenhandel, wie?«

»Und eine Hitler-Frisur trägt er auch«, knautschte der eine Amerikaner. Er stand hochaufgerichtet vor Klaus und schlug ihm ins Gesicht, daß die Haarstähne noch weiter in seine Stirn fiel.

»Ein Hitler-Junge, was?« Der Amerikaner sprach gut deutsch. »Nazis! Verdammte Nazischweine.« Er hob wieder die Faust.

Ich stieß den Amerikaner in den Rücken. »Lassen Sie meinen Bruder in Ruhe!«

Der Amerikaner fuhr herum. »Was fällt dir ein, du Bastard . . .«

»Sie machen sich strafbar«, rief ich. »Wir haben überhaupt keine Waffen gehabt. Und mein Bruder war nie in der Hitler-Jugend.«

»Sei doch still!« Mein Bruder zerrte an meinem Arm.

»Und überhaupt, wenn Sie es wissen wollen, mein Vater und meine Mutter sind im KZ gestorben.«

»Auch noch verlogen! Feige Schweine, Nazischweine!« zischte der Dolmetscher.

»Shut up«, sagte der Amerikaner.

»Ich lüge nicht!« schrie ich. »Meine Mutter und mein Vater sind im KZ . . .« Mir ging der Atem aus.

Es war plötzlich sehr still im Zimmer. Die Amerikaner hatten aufgehört, Kaugummi zu kauen. Nur der Dolmetscher brummte vor sich hin.

»Jawohl«, sagte mein Bruder. »Meine Schwester lügt nicht, und wir werden uns über Sie beim Oberkommando beschweren.«

Die Amerikaner sprachen schnell miteinander.

»Und du hast also keine Waffen besessen?« fragte der Amerikaner, der so gut Deutsch sprach.

»Ich schwöre es«, erwiderte mein Bruder Klaus.

»Du schwörst, wobei, bei deinem Führer, bei Hitler?«

»Nein«, flüsterte Klaus. »Nein, bei . . . bei Gott.«

Ich sah meinen Bruder nicht an.

»Ja, wir werden uns über Sie beschweren, wir werden Sie anzeigen. Sie haben uns alles kaputt gemacht«, sagte ich in die unsicheren Gesichter der Amerikaner.

Der Dolmetscher redete mit wütendem Gesicht auf sie ein, aber sie beachteten ihn nicht.

Sie gingen mit roten Gesichtern nach draußen.

Die Butter konnten wir nicht mehr brauchen, weil Glasscherben hineingetreten waren. Aber das Brot konnten wir noch essen.

Wir warteten tage- und wochenlang, aber die Militärpolizei kam nicht wieder.

24

Der Mann lag mitten auf dem Bürgersteig. Leute standen um ihn herum. Aus dem Haus dahinter knallte es.

»Der war sicher beim Werwolf«, sagte die Frau neben uns und stieß mit dem Fuß nach dem Mann auf dem Bürgersteig. Aus seinem Ärmel floß Blut. Seine ganze Hand war schon voll davon. Er bewegte die Hand, und da gab es fünf lange Fingerabdrücke auf den Steinen.

Jetzt lief ein Mann aus dem Haus. Er trug eine Maschinenpistole. Hinter ihm kam ein amerikanischer Soldat. Der Mann, der die Maschinenpistole trug, hatte auch eine amerikanische Uniform an.

Aber sein Gesicht war grau. Er sah nicht wie ein Amerikaner aus.

»Das ist ein Pole«, sagte mein Bruder.

»Der da liegt?« fragte ich.

»Nein, der mit der Maschinenpistole.«

Der Amerikaner stieß die Leute beiseite und sah auf den Mann am Boden. »Der steht nicht mehr auf«, sagte die Frau neben uns. Der Amerikaner blieb breitbeinig stehen. Er steckte die Hände in die Hosentaschen und kaute Kaugummi.

»Warum lassen die den Mann hier liegen?« fragte ich Klaus.

»Der war doch beim Werwolf«, sagte die Frau. Mein Bruder zuckte mit den Schultern. Er war weiß um die Nase herum. Er sah dem Amerikaner nach, als der sich umdrehte und fortging.

»Komm!« flüsterte Klaus. »Wir hauen ab!«

»Das ist auch nichts für Kinder«, sagte die Frau.

Wir guckten die Frau frech an. Sie blickte weg.

Wir setzten uns im Park auf einen Baumstamm. Man sah am Tage nie jemand, der die Bäume fällte, aber morgens lagen immer wieder welche da, und am darauffolgenden Tag waren sie verschwunden. Dann blieben nur noch ein bißchen Sägemehl und ein paar Holzsplitter übrig, da, wo die Bäume gelegen hatten.

»Warum haben sie den Mann erschossen?« fragte ich.

»Er war in der SA«, erwiderte mein Bruder. »Er war geflüchtet, und jetzt ist er zurückgekommen. Als er wieder in sein Haus wollte, haben sie ihn erschossen. Der Pole hat bei ihm gearbeitet.«

»Vielleicht hat er den Polen geschlagen und ihm nichts zu essen gegeben?«

»Das kann sein«, sagte mein Bruder. »Aber das ist kein Grund, ihn zu töten.«

»Warum töten die Amerikaner uns nicht?« fragte ich.

»Die Amerikaner sind doch unsere Befreier.«

»Wer sagt das?«

»Die Amerikaner selbst.«

»Haben sie denn die Männer von der SA nicht befreit?«

»Ich weiß es nicht«, antwortete Klaus. »Leute, die in der Partei waren, sind ihre Feinde.«

»Ja«, sagte ich. »Es müssen ihre großen Feinde sein.«

25

Ich sah, wie die Amerikaner Sessel und Tische, Stühle und Teppiche aus den Häusern warfen, in denen Leute gewohnt hatten, die in der Partei waren. Die Amerikaner gossen aus großen grünen Kanistern Benzin über die Möbel und zündeten sie an. In unserer Straße roch es noch tagelang nach Benzin.

Vor langer Zeit hatte ich schon einmal gesehen, daß Männer in Uniform Möbel aus Häusern warfen und sie anzündeten. Sie steckten auch eine Kirche in Brand. Sie bildeten einen Ring um die brennende Kirche, hakten sich unter, schunkelten und sangen: »Das gibt's nur einmal, das kommt nicht wieder, das ist zu schön um wahr zu sein . . .« – »Das ist die SA. Sie verbrennen die Synagoge«, sagte meine Mutter. Sie preßte meinen Kopf an ihr Gesicht und lief schnell mit mir weiter, an den brennenden Möbelhaufen vorbei, an Leuten, die mit verrenkten Armen und Beinen auf dem Pflaster lagen, und an einer Frau, die schrie und an ihren Haaren zerrte. Mutter lief mit mir zu dem Geschäft, in dem mein Vater arbeitete. Er kam uns auf halbem Weg entgegen. Mutter umarmte ihn und schluchzte, »daß dir nichts passiert ist«. Mein Vater legte ihr den Arm um die Schultern, und wir gingen nach Hause. Vater sagte nichts. Er trug mich auf dem Arm und drückte mich fest an sich. Mein Vater blieb eine lange Zeit zu Hause. Er brauchte nicht mehr ins Geschäft zu gehen, und meine Mutter sagte mir, das war so, weil dies ein jüdisches Geschäft war. Das war noch vor dem Krieg, und bevor mein Vater Soldat werden mußte. Jetzt war der Krieg vorbei, und es wurden wieder Möbel verbrannt, und Männer lagen mit verrenkten Armen und Beinen auf der Straße. Diesmal waren es keine Juden. Diesmal waren es SA-Leute.

26

Auf der Wiese des Parks, hinter dem Stacheldraht, standen die Männer in Gruppen zusammen. Ihre Uniformen waren braun und grün und grau. Auf dem Rücken trugen sie mit Farbe gemalte Buchstaben: POW. Manche hockten auf der Erde, auf ihren Fersen. Es sah aus, als würden sie jeden Augenblick vornüberkippen. Sie kauten Brot. Die meisten Männer hatten Bärte, und ihre Augen lagen so tief in ihren Höhlen, daß es war, als hätten sie da nur zwei schwarze leere Löcher.

»Sie sehen alle gleich aus«, flüsterte die Frau neben mir. Ihre Stimme zitterte.

»Der Krieg macht alle Menschen gleich«, antwortete ein alter Mann. Sein Gesicht blieb ausdruckslos.

»Nur die Uniformen sind verschieden«, sagte die Frau.

»Die braunen kommen aus England, die grünen aus Amerika und die grauen aus Rußland.«

»Ja«, nickte die Frau. »Mein Mann ist auch in Rußland. Ich weiß nicht, wo er ist. Aber er kommt zurück. Ich war bei einem Wahrsager.« Die Frau flüsterte. »Der Wahrsager hat mir gesagt, er kommt zurück. Er hat einen Ring an einem Haar über seinem Bild pendeln lassen, und er hat versprochen, mein Mann kommt zurück.«

»An so was glaub' ich nicht«, sagte der alte Mann.

»Doch, doch, mein Mann kommt bestimmt zurück«, wiederholte die Frau.

»Jaja«, der alte Mann schüttelte den Kopf.

»Mein Vater ist in England.« Ich sagte es nur, weil ich es glauben wollte.

Die Frau sah mich nicht an. Sie seufzte.

Der alte Mann nickte mir zu: »Dann kannst du ganz beruhigt sein. Dann kommt er bestimmt bald zurück.«

»Ja.«

Die Stimme, die über den Lautsprecher kam, war heiser. Sie räusperte sich, bevor sie sprach: »Die Gefangenen mit den Nummern 1350 bis 2500 zur Meldebaracke. Die Gefangenen mit den Nummern 1350 bis 2500 zur Meldebaracke . . .«

Die Männer hinter dem Draht formierten sich zu kleinen Gruppen. Sie gingen zu zweit, wie eine Schulklasse. Manche, die auf dem Boden gelegen und geschlafen hatten, standen auf, reckten sich, gähnten und schlossen sich dann den anderen an. Die Rücken der Männer waren nach vorn gebeugt. Es sah aus, als trügen sie einen unsichtbaren, schweren Sack.

Die Männer kamen nah an uns vorbei. Ich sah jeden einzelnen an, aber ich kannte niemanden. Plötzlich schrie weiter unten am Zaun eine Frau. Sie schlug mit den Armen um sich, klammerte sich an den Stacheldraht, dann war sie von anderen Leuten umringt, und ich konnte sie nicht mehr erblicken. Nach einer Weile sah ich, wie sie, noch immer um sich schlagend und laut schreiend, davongetragen wurde. Sie trugen sie über die Parkwege zu den ausgebrannten Häusern auf der anderen Seite des Parks.

Jetzt sprach die Stimme wieder über den Lautsprecher. Aber ich konnte nichts verstehen, weil der Wind aus der falschen Richtung kam und die Worte mit sich davontrug.

»Wie wenig Menschen man doch kennt«, murmelte der alte Mann. Er stützte sich mit beiden Händen auf seinen Stock. Sicher taten ihm die Füße weh. Er stand auch schon seit dem frühen Morgen hier. Sein Gesicht war schmal unter seinem schwarzen Hut und so weiß wie seine Haare, die über den Ohren unter der breiten Krempe abstanden.

»Jaja«, sagte die Frau.

»Die sind doch alle hier aus der Stadt und Umgebung. Aber ich habe noch niemanden gesehen, den ich kenne.«

»Jaja«, wiederholte die Frau.

Ich kam jedesmal hierher, wenn ein neuer Transport gemeldet war. Aber ich hatte auch noch nie gesehen, daß irgendeiner von den Leuten, die hier vor dem Stacheldraht warteten, den fand, auf den er wartete. Und es waren immer die gleichen Leute.

»In der vorigen Woche hatten sie sich auch vertan«, sagte die Frau. »Da kam ein Transport hier an, der eigentlich nach Mainz gehörte. Da hätten Sie mal die Leute sehen sollen, die haben fast die Lageraufsicht gestürmt, weil sie ganz und gar vergeblich gewartet hatten.«

»Es sind so viele«, murmelte der alte Mann, »daß leicht ein Irrtum passieren kann!«

Der Stacheldraht vor mir gab plötzlich einen schwirrenden Laut von sich. Ich wandte mich um und sah, daß die Frau ihre Hände um den Draht gekrampft hatte. Ihr Gesicht war weiß, ihr Mund aufgerissen, aber es kam kein Ton heraus.

Und dann schrie sie, und es hallte über den ganzen Platz.

»Heinz, Heinz, Heinz. Mein Bruder«, schrie sie. »Mein Bruder.«

Ihre Hände bluteten. Viele von den vorüberziehenden Männern wandten die Köpfe. Viele von ihnen hießen Heinz. Aber keiner kannte die Frau.

Der alte Mann führte die Frau weg.

Vom Münster läutete es ein Uhr. Ich mußte zur Schule. Ich lief schnell die Straße hinunter, an dem Zaun entlang, wo die Leute standen und warteten.

27

»Du hast eine Brust«, sagte mein Bruder Ricki. Er faßte danach.

»Laß das.« Ich schlug seine Hand fort.

»Tante hat das aber auch gesagt.«

»Was hat sie gesagt?«

»Daß du eine Brust bekommst, hat sie gesagt«, trumpfte Ricki auf. »Du wirst erwachsen, hat sie gesagt. Man muß auf dich aufpassen.«

»Warum? Warum muß man auf mich aufpassen?«

»Tante hat gesagt, du darfst nicht so spät nach Hause kommen.«

»Ich komme nicht spät nach Hause.«

»Gestern bist du spät nach Hause gekommen«, erwiderte Ricki.

»Ich war doch bei den Bauern und habe Kartoffeln geholt.«

»Die Tante hat gesagt, man muß auf dich aufpassen«, beharrte Ricki.

»Schön«, sagte ich. »Wenn sie das gesagt hat.«

Am Abend, als ich auf die Toilette ging und mich wusch, besah ich mich im Spiegel, aber ich konnte nicht entdecken, daß ich einen Busen bekam. Ich war ganz flach. So sah es wenigstens im Spiegel aus. Aber wenn ich meine Hand oben auf die Rippen legte, konnte ich fühlen, daß ich da ein bißchen dicker war als anderswo.

28

Am nächsten Morgen, als ich zur Schule ging, hörte ich zum erstenmal auf das, was die Männer an den Straßenecken mir zuflüsterten. Ich ging immer den gleichen Weg zur Schule, und stets standen dieselben Männer da in den Trümmern. Aber ich hatte noch nie aufgepaßt, was sie sagten, wenn ich an ihnen vorbeilief.

». . . schlaf mit einem Ami, Schokolade, Zigaretten, Kaffee kriegste dafür«, verstand ich.

Komisch, was hatte ein Amerikaner davon, wenn ein Mädchen bei ihm schlief? Ich dachte darüber nach, während wir in der Schule einen Aufsatz schrieben. Deshalb wurde ich auch nicht früh genug fertig und mußte ihn unbeendet abgeben. Ich bekam eine Vier dafür. Das war eine schlechte Zensur. Aber niemand zu Hause schimpfte. Tante sah sich nie meine Hefte an. »Die Hauptsache ist«, sagte sie, »wenn du nicht sitzenbleibst!«

29

Die Sonne stand hoch im Mittag. Der Himmel war blau. Die Luft flimmerte. Staub bedeckte den Asphalt. Es hatte seit Wochen nicht mehr geregnet.

Aus den offenen Fenstern der Häuser, die von den Amerikanern beschlagnahmt waren, kam das Klappern von Eßbestecken und Kochgeschirren.

Vor den Häusern standen die Bauern in grauen und braunen Kitteln, vor sich die Körbe bis an den Rand gefüllt mit Erdbeeren, Kirschen, frühen Äpfeln und Tomaten.

Ich ging an den Bauern vorbei. Ich wollte das Obst nicht sehen. Aber ich mußte hingucken.

Ich hatte Hunger, aber das machte mir nichts aus. Nur, das Obst leuchtete so bunt.

Auch am Ende der Straße, vor dem weißen Haus, standen Körbe voll mit Erdbeeren. Der Mann, dem sie gehörten, sah mich an. Er hatte den Kopf gegen die weiße Mauer gelehnt. Seine schmierige, blaue Mütze war ihm in die Stirn gerutscht. Er hatte blasse Augen.

»Verkaufen Sie mir etwas Obst?« fragte ich.

Der Mann antwortete nicht.

»Oder verkaufen Sie die Erdbeeren nur an Amerikaner?«

»Das kommt darauf an«, antwortete der Mann. Mit einem Zischen fuhr ihm die Luft beim Sprechen durch seine weit auseinanderstehenden Zähne.

»Verkaufen Sie mir doch ein paar Erdbeeren!«

»Was soll ich mit Geld?«

»Was wollen Sie denn haben?«

»Das hast du ja doch nicht.«

»Woher wissen Sie das?«

Der Mann hob die Schultern. Seine roten Lippen zuckten.

»Scher dich fort«, sagte er und spuckte neben mir auf die Straße.

»Sie . . . Sie«, sagte ich, plötzlich wütend.

»Uwiefiel?« fragte jemand hinter mir. Ich drehte mich um.

Der Amerikaner sah freundlich aus. Er war sehr groß. Ich mußte den Kopf in den Nacken legen, um ihn anzusehen. Ich lächelte ihn an.

Der Mann mit der blauen Kappe war plötzlich sehr geschäftig. Er hatte ein Päckchen Camel in der Tasche seiner umgefärbten Uniformjacke verstaut und füllte eine Tüte aus Zeitungspapier mit Erdbeeren.

»Thank you, Sir, thank you very much, Sir«, sagte er, als er dem Amerikaner die Tüte gab.

Der Amerikaner antwortete irgend etwas, das ich nicht verstand, aber ich sah, daß der Bauer plötzlich wütend war.

Der Amerikaner hielt mir die Tüte hin.

»Take it«, sagte er und nickte mit dem Kopf.

Ich nahm die Tüte. »Danke.«

»It's o. k., Baby.« Der Amerikaner lachte. Er sah so freundlich aus.

»Wirklich, vielen Dank«, sagte ich. Dann lief ich nach Hause.

Klaus schimpfte auf die Bauern, die da bei uns in der Straße vor den beschlagnahmten Häusern standen. »Die Schweine, uns lassen sie verhungern, aber den Amis . . .« Er hieb ärgerlich mit der Hand auf den Tisch.

»Die Schweine«, wiederholte mein Bruder Ricki. »Die großen Schweine.«

»Du darfst so etwas nicht sagen«, sagte ich zu Ricki.

»Der Ami ist lieb.« Ricki kaute eine Erdbeere. »Und der Bauer ist ein großes Schwein.«

Ich gab ihm einen Klaps auf den Mund.

Aber nachher, als er in seiner Spielecke saß, murmelte er vor sich hin. »Schweine, die großen Schweine.«

Mein kleiner Bruder hatte ein neues Wort gelernt.

30

Die Bauern standen jeden Tag in der Straße. Jetzt war es zwar anderes Obst. Es waren Birnen und Pflaumen und Äpfel, die in den Körben vor ihnen auf dem Bürgersteig lagen. Manchmal verschwanden die Bauern für ein paar Tage, wenn eine MP-Streife sie erwischt und ihnen das Obst abgenommen hatte. Aber sie kamen immer wieder. Sie verkauften nur an Amerikaner. Manche hatten Schilder an den Körben: »I speak English«.

Es war Zeit zum Abendessen. Aus den beschlagnahmten Häusern kamen die Soldaten, einer nach dem anderen, Kochgeschirre und Bestecke am Koppel eingehakt.

Die Soldaten stellten sich in Zweier- oder Dreierreihen vor dem Haus auf, in dem die Küche war. Morgens, wenn es dämmerte, wühlten Frauen und Männer und Kinder in den Mülltonnen herum, die in langer Reihe davor standen. Krusten, ganze Scheiben des weißen Brots, Büchsen, in denen noch Fett- und Fleischreste klebten, Zigarettenpapier, angebrochene und dann weggeworfene Schokoladenriegel waren ihre Beute.

Seit John mir die Erdbeeren geschenkt hatte, brauchten wir das nicht mehr zu tun.

Ich ging jeden Tag um fünf Uhr zu ihm. Er gab mir die Hälfte seiner Essensportion, viel Brot, und wenn er seine Wochenration bekam, auch Schokolade und Apfelsinen.

Einmal war er bei uns zu Hause gewesen. Tante Emmy hatte ihm gesagt, wie schlecht es uns gehe. Sie hatte auch geweint. Sie hatte seinen Kaffee getrunken und seine Kekse gegessen, und dann war er nie wieder zu uns gekommen.

Ich ging jeden Tag um fünf zu ihm. Ich konnte jetzt gut verstehen, was er sagte. Und ich war stolz, daß ich schon englisch sprechen konnte.

31

Ich saß auf der obersten Stufe der Steintreppe vor dem Haus, in dem John einquartiert war.

»John?« rief ich noch einmal.

»John kommt gleich«, sagte Lew hinter mir. Er trat aus dem Haus und hockte sich neben mich auf die Steinstufe.

»Guten Tag, Lew«, sagte ich. Ich mochte ihn nicht. Lew war ganz anders als John. Er war dunkelhaarig und klein. Seine schwarzen Augenbrauen waren über der Nase zusammengewachsen. Lew lachte nicht. Er grinste. Lew sprach sehr gut deutsch, aber es hörte sich an, als erzähle er dauernd etwas Schmutziges.

»John hat gesagt, du sollst mit hineinkommen. Er will dir die Bilder von seiner Schwester zeigen, die er heute erhalten hat«, grinste Lew.

»John kommt jetzt heraus«, erwiderte ich. »Er kann mir die Bilder auch hier zeigen.«

»Komm doch mit, sein Zimmer ist gleich hier unten. Komm schon!«

Lew stand auf. Er faßte mich fest am linken Arm und schob mich vor sich her ins Haus.

»Ich will aber nicht. John soll herauskommen«, rief ich.

»Ah, komm schon.« Lew ließ meinen Arm nicht los. Er stieß mit dem Fuß die erste Tür im Gang auf und schloß sie gleich wieder hinter uns.

»Aber John ist doch gar nicht hier.«

»Er kommt gleich, setz dich«, sagte Lew.

Ich setzte mich auf einen Stuhl, der am Fenster stand.

Ich preßte die Hände auf die Knie und schaute zur Tür.

Lew goß an der Anrichte eine hellbraune Flüssigkeit in ein Glas und trank es sofort leer.

Er kam mit seinen lautlosen Schritten auf mich zu.

Er streichelte mein Gesicht und mein Haar. Ich schob seine Hand fort.

»Du bist ein großes Mädchen«, grinste er. »Ein sehr großes Mädchen. Wie alt bist du?«

»Ich werde dreizehn.«

Seine Hand lag auf meiner Schulter, glitt an meinem linken Arm hinunter, lag dann auf meinem Oberschenkel.

Er schob mein Kleid hoch. Ich konnte mich nicht bewegen. Er hatte so sonderbare Augen. Dann stieß ich seine Hand weg.

»John«, schrie ich. »John, John.«

»Lew!« John stand in der Tür.

Lew hatte sich aufgerichtet. John stieß ihm seine Faust ins Gesicht.

»Du Schwein«, sagte er mit gepreßter Stimme. »You son of a bitch.«

Er riß die Hand noch einmal hoch, und der Schlag warf Lew lang durchs Zimmer. Ich rannte hinaus. Ich lief so schnell ich konnte.

Ich ging nicht mehr zu John. Sein Brot fehlte uns und auch das Milchpulver. Aber ich ging nicht mehr zu John.

Aber an dem Tag, als John mit seiner Truppe abrückte, kam er noch einmal bei uns vorbei. Er sprang von dem grünen Lastwagen. Ich hatte schon die Tür aufgemacht. Er kam schnell in den Flur.

»We are leaving – paß gut auf dich auf.« Er streichelte mein Haar.

Draußen tuckerte der Motor seines Wagens.

»Du warst sehr nett zu uns«, sagte ich.

Er schüttelte den Kopf. Seine Augen waren traurig.

»Geh nicht mehr in die Straße«, sagte er. »Du wirst jetzt zu groß.«

»Hey, John!« rief jemand von draußen. Die Autohupe gellte.

John legte schnell das große Paket auf das Sofa, das Fräulein Amman im Flur abgestellt hatte.

»Alles Gute«, sagte er und streichelte noch einmal mein Haar. »Alles Gute.«

Er lief zu seinem Lastwagen, schwang sich hinten darauf. Die anderen Soldaten pfiffen und johlten.

Der Wagen fuhr an. Ich winkte John so lange ich ihn sehen konnte. Und ich dachte, ich sehe John nie wieder.

Als ich ins Haus zurückging, war Johns Paket vom Sofa verschwunden.

»Ricki, hast du ein großes braunes Paket gesehen?« fragte ich meinen Bruder, der in unserem Zimmer auf der Fensterbank saß.

»Nein, Ricki hat nichts gesehen«, erwiderte er.

»Wo ist denn Tante Emmy?«

»Weiß nicht.«

»Aber sie war doch eben noch hier, rausgegangen ist sie auch nicht?«

»Weiß nicht.«

»Was hast du denn?« fragte ich.

»Ricki hat Wut.«

Er schlug sich mit beiden Fäusten auf seine Knie. »Die olle Schachtel hat mir mein Auto weggenommen. Sie hat gesagt, ich mach' nur Dreck mit dem Sand.«

»Ich hab' dir doch gesagt, du sollst keinen Sand ins Zimmer bringen.«

»Wenn Ricki spielen will, muß er doch Sand haben.«

»Der Junge macht das ganze Zimmer schmutzig«, sagte Tante Emmy von der Tür her. »Das geht doch nicht. Ich hab' wirklich genug Arbeit.« Tante Emmys Gericht war rot.

»Ich putze es wieder auf«, versprach ich.

»Dumme Ziege«, murrte Ricki. Ich kniff ihn in den Arm. Aber Tante Emmy hatte es nicht gehört.

Sie setzte sich an den Tisch und legte sich die schmutzkleben-den Karten.

»Geld im Haus, eine Erbschaft, eine große Überraschung«, murmelte sie.

»Hast du ein großes baunes Paket auf dem Sofa im Flur gesehen?« fragte ich.

»Ich . . . nein, ich war überhaupt nicht im Flur. Was für ein Paket denn?« Tante Emmy dehnte erstaunt ihre Stimme.

»John hat es mir gegeben.«

»So, und du läßt es einfach im Flur liegen?«

»Ich hab' nicht gedacht, daß es wegkommen würde. Ich war doch nur eine Minute im Vorgarten. Ich dachte, du hättest es vielleicht mit hereingenommen.«

»Wie kann man nur so leichtsinnig sein, ein Paket im Flur liegen zu lassen. So ein schönes Paket! Was hätten wir alles dafür haben können. Sicher war auch Kaffee drin«, jammerte Tante Emmy. »Wenn ich es wenigstens gesehen hätte, aber ich hätte es nicht mit hereingenommen . . . Ich würde so etwas nie tun. Das weißt du doch. Ich gehe niemals an anderer Leute Sachen.«

»Du gehst aber an die Hosentaschen von Klaus und an seine Jacke, wenn er schläft, Tante«, sagte Ricki laut.

»Ricki, aber Rickilein. Wer wird denn so etwas über seine Tante sagen.« Tante Emmy brach in lautes Schluchzen aus. Ihr Oberkörper wiegte hin und her.

»Ricki lügt nicht. Aber du lügst, du lügst«, kreischte er und rannte im Zimmer umher, vor Tante Emmy davon.

Als er an mir vorbeilief, griff ich nach ihm und hielt ihn fest.

Tante Emmy weinte lauter. »Ich lüge, ich soll lügen«, schluchzte sie. »Dabei tu ich doch alles, alles für euch. Mein Leben opfere ich euch. Die schmutzigste Arbeit tu ich für euch.«

»Ricki lügt auf jeden Fall nicht«, sagte ich und drückte ihn an mich.

Tante Emmy hielt einen Augenblick lang mit Weinen inne. Ihr Gesicht war rot geschwollen.

»Tante Emmy ...«, sagte ich.

»Ach, ach«, schluchzte sie. »Ich hätte es nie für möglich gehalten. Diese Undankbarkeit. Dabei tu ich doch alles, alles, alles.«

»Es ist ja schon gut, Tante«, sagte ich. »Wir haben es nicht so gemeint.«

»Diese Undankbarkeit, das sollte kein Mensch für möglich halten.« An ihrem Hals pochte eine dicke Ader.

Ich schob Ricki vor mir her aus der Tür.

Wir gingen in den Garten und setzten uns auf die Mauer.

»Ricki geht nicht mehr rein«, sagte mein kleiner Bruder. »Ricki bleibt hier draußen. Hier ist es schön. Es ist warm. Horch, horch, da singt ein Vogel.« Ricki streckte seinen spitzen Zeigefinger in die Luft. Er baumelte mit den Beinen. Er rupfte Gras aus, das zwischen den Mauersteinen wuchs.

»Wenn Vati kommt, wirft er die Tante raus«, sagte er plötzlich.

»Sei still, du darfst so etwas nicht sagen.«

»Ricki weiß das. Ricki weiß das bestimmt.«

»Komm«, sagte ich. »Sei ein braver Junge. Wir gehen jetzt hinein, und ich bringe dich ins Bett.«

»Ricki will warten, bis Klaus kommt.«

Er blieb auf der Mauer sitzen. Er klammerte sich mit Händen und Füßen an den Steinen fest. Ich konnte ihn nicht herunterheben.

Ricki sang vor sich hin: »Alle Vögel sind schon da ...«

»Die betet nie mit mir«, flüsterte er dann plötzlich. »Mutter hat immer mit mir gebetet.«

»Ich bete doch mit dir«, sagte ich.

»Du bist aber nicht meine Mutter.« Ricki sah mich nachdenklich an. Wenn er überlegte, hatte er eine Falte auf der Stirn.

»Du bist ein Mädchen«, sagte er. »Du bist keine Mutter. Eine Mutter ist dick. Eine Mutter ist groß. Eine Mutter hat graue Haare.«

»Komm«, bat ich. »Sei brav. Wir gehen hinein.«

»Du mußt viel essen, Kartoffeln, dann wirst du dick. Dann wirst du eine Mutter«, sagte mein Bruder Ricki.

33

Ich wurde davon wach, daß die Tür klappte. Es war dunkel im Zimmer. Als sich meine Augen an die Dunkelheit gewöhnt hatten, sah ich, daß das Bett von Tante Emmy leer war. Ich wartete, aber sie kam lange nicht zurück. Klaus und Ricki schliefen fest. Ich konnte es an ihrem Atem hören.

Ich wälzte mich im Bett herum. Ich wollte wieder einschlafen. Aber ich konnte es nicht. Ich mußte an das Paket denken. An all die guten Sachen, die darin gewesen sein mußten.

Dann kam Tante Emmy zurück. Sie stöhnte, als sie sich ins Bett legte.

Ich schlief ein, wurde wieder davon wach, daß die Tür klappte. Dann, nach einer Weile, wurde draußen in der Toilette das Wasser abgezogen. Und Tante Emmy kam zurück.

Gegen Morgen stand sie noch einmal auf. Als sie diesesmal zurückkam, fragte ich: »Tante, fühlst du dich nicht gut?«

Sie blieb in der Mitte des Zimmers stehen, als sei sie festgewachsen.

»Was sagst du?«

»Bist du krank, Tante?«

»Nein, nein – doch – ich hab' mir wohl den Darm erkältet. Aber, aber es ist nicht so schlimm. Schlaf nur weiter.«

34

Am Morgen, als ich die Toilette putzte, fand ich den Fetzen Silberpapier. Ein Krümel Schokolade hing noch daran.

Da wußte ich zum erstenmal, daß unsere Tante uns bestahl.

Mir war plötzlich schlecht. Ich übergab mich. Ich bekam Flecken auf mein Kleid. Ich wusch es und spülte meinen Mund aus. Das Wasser schmeckte nach Kalk.

Ich stellte mir vor, die Schokolade, die Tante Emmy gegessen hatte, wäre vergiftet gewesen. Sie würde daran sterben. Die Polizei würde kommen. Sie würde fragen, wer die Frau war. Eine Diebin, würde ich antworten. Meine Tante war eine Diebin, und ich würde denken, ich bin froh, daß sie tot ist.

Klaus und ich saßen auf der Vorgartentreppe. Drüben, auf der anderen Straßenseite, spielten Kinder. Sie bewarfen sich mit Steinen. Sie spielten Krieg. In einem der Nachbarhäuser feierten Soldaten ein Fest. Ich konnte sie bis hierhin grölen hören.

»Du bist sicher, daß sie die Sachen genommen hat?« fragte mein Bruder.

»Ja, ich habe doch das Papier gefunden. Sie ist dreimal in der Nacht aufgestanden und hinausgegangen.«

Die Sonne war warm, aber die Steine, auf denen wir saßen, waren schon kalt. An den Beinen hatte ich eine Gänsehaut.

»Ich glaube es nicht«, sagte Klaus.

»Du bist den ganzen Tag nicht da«, erwiderte ich. »Du kannst nicht wissen, wie sie ist.«

»Ich hätte nicht gedacht, daß sie so etwas tut.«

»Du weißt ja nicht, wie sie ist.«

Klaus ging nicht mehr zur Schule. Er arbeitete in einer Ziegelei. Sie brannten keine neuen Ziegelsteine. Das durften sie nicht. Sie fuhren mit großen Karren zu den Trümmergrundstücken und suchten die Steine zusammen, die sie noch brauchen konnten. Von denen klopften sie den Mörtel ab und die unregelmäßigen Kanten. Aber soviel Ziegel wie gebraucht wurden, konnten sie gar nicht fertigstellen. Ich war einmal mit Klaus dagewesen. Dichter Staub trübte die Luft. Meine Augen tränten, und ich hustete noch tagelang. Klaus hustete nicht mehr, er hatte sich schon daran gewöhnt. Aber seine Augen waren stets entzündet. Er verdiente pro Tag fünf Mark.

Klaus zog eine gekochte Kartoffel aus der Tasche, pellte die Schale ab und biß hinein.

»Was sollen wir denn machen?« Er sprach undeutlich, weil sein Mund voll war.

»Wir müssen ihr sagen, daß wir es wissen«, antwortete ich.

»Aber sie ist doch unsere Tante.«

»Wenn du es nicht tust, sage ich ihr, daß sie eine Diebin ist.«

Ricki kam von der anderen Straßenseite herübergelaufen. Seine Beine waren dünn und ein bißchen krumm. Er hielt einen weißen Gummiballon in der Hand.

Klaus schlug ihm den Ballon aus der Hand. »Ich hab' dir

doch gesagt, du sollst nichts von der Straße aufheben!« Seine Stimme war so sonderbar. Ich glaube, sie zitterte.

»Ricki hat nichts aufgehoben.« Ricki machte ein trauriges und verletztes Gesicht. »Hat der Berni Ricki geschenkt. Berni, und alle, alle anderen Kinder haben auch so ein Ballon, haben sie von Amis geschenkt bekommen.«

»Du nimmst so etwas nie mehr«, sagte Klaus. »Hörst du, du nimmst nichts an, was dir andere Kinder geben, verstanden?«

»Warum schimpft du denn so?« fragte ich.

Klaus antwortete nicht.

Ricki kauerte sich vor uns auf den Boden. Er stützte den Kopf in beide Hände. »Kriegt Tante jetzt Haue?« fragte er plötzlich. Sein Gesicht verzog sich zu einem strahlenden Lächeln.

»Was redest du für einen Unsinn«, fragte Klaus.

»Tante hat doch das Paket geklaut. Wenn Ricki böse ist, kriegt er Haue, und wenn die Tante böse ist, muß sie auch Haue kriegen.«

»Woher weißt du das denn, mit dem Paket?« fragte Klaus.

Ricki griente verschmitzt. »Hat der Vogel ihm gesungen.«

»Welcher Vogel?« Klaus machte ein dummes Gesicht.

»Der da«, sagte Ricki. Auf dem Mauerpodest am Eingang saß eine Amsel.

»Die sagt mir alles«, behauptete Ricki.

»Lüg nicht. Du hast gelauscht!«

Ricki schüttelte energisch den Kopf. Er sprang auf und lief schnell wieder über die Straße zu den anderen Kindern.

»Wir müssen besser auf ihn aufpassen«, sagte mein Bruder Klaus.

36

Als meine Tante schlief, stand ich vorsichtig auf. Ich ging zu ihrem Bett und beugte mich über sie. Ihr Mund stand offen. Sie röchelte im Schlaf. Es war dunkel, aber ich konnte ihre spitzen Zähne sehen. Ich knöpfte vorsichtig ihr Nachthemd auf. Der schwarze Beutel hing an einer dünnen Schnur um ihren Hals. Ich zog ihn hervor. Es klirrte leise. Meine Tante atmete stockend.

Ich wartete. Der Beutel war rund und schwer in meiner

Hand. Ich zog langsam die Schnur auf. Ich griff in den Beutel hinein und nahm die dünne Kette heraus, an welcher der dicke Stein hing.

Ich schloß den Beutel und schob ihn wieder unter ihr Hemd. Dabei kam ich an ihre Brust. Meine Tante hob ihren linken Arm und ließ ihn auf die Decke zurückfallen.

Ricki murmelte im Schlaf. Ich ging zu meinem Bett zurück.

37

Am Morgen ging ich nicht in die Schule, sondern in die Stadt zur Kasernenstraße. Da standen die Männer an den Ecken und in den Hauseingängen. »Schokolade, Zigaretten, Zucker, Butter, Tabak, Schokolade, Zigaretten . . .«, murmelten sie.

Ich ging zu dem Mann mit dem Schlapphut und dem dichten Bart, der immer auf der Treppe zur Kirche hockte. Er trug einen langen, schwarzen Kittel. Einmal, als ich mit Klaus durch die Straße gekommen war, hatte ich gehört, wie ein anderer Mann ihn »Jüdd« nannte.

Der Mann mit dem Schlapphut sah mich an. Er hatte große, freundliche, schwarze Augen. Seine Nase war spitz und weiß. Ich setzte mich neben ihn auf die Steinstufe.

Ich spielte mit dem Kettchen in meiner Jackentasche. Es fühlte sich feucht und schwitzig an.

»Was willst du?« fragte der Mann nach einer Weile.

»Ich möchte etwas verkaufen.«

»Du mußt leiser sprechen«, sagte der Mann. Er selbst sprach so leise, daß ich ihn kaum verstehen konnte.

Von der anderen Straßenseite blickten zwei Männer zu uns herüber, der eine lachte laut zu dem, was der andere sagte. Als die Männer weitergingen und nicht mehr zu uns herübersahen, flüsterte der Mann mit dem Schlapphut: »Zeig her.«

Ich zog das Kettchen aus der Tasche. Der Stein funkelte einen Augenblick lang golden.

Dann war das Kettchen in der großen Hand des Mannes verschwunden. Ich blickte ihn an. Er saß regungslos da, die Hände über dem Stein ineinander verschränkt.

Dann öffnete er sie ganz schnell, sah auf den Stein und stieß ein leises Zischen durch die Zähne.

Der Mann saß wieder ruhig da. Nach einer Weile fragte er: »Woher hast du das?«

»Von meiner Tante.«

»Du hast es gestohlen«, sagte er.

»Nein, sie hat es mir gegeben. Ich soll es verkaufen.«

»Lügst du auch nicht?« fragte der Mann. Seine Augen waren ganz starr, als er mich ansah.

»Nein.«

»Was willst du dafür haben?« fragte der Mann.

»Ein Pfund Kaffee.«

»Taja«, der Mann wiegte seinen Kopf hin und her.

»Und drei Päckchen Zigaretten«, fügte ich hinzu.

»Ist zuviel«, sagte der Mann.

»Nein.«

»So viel kann ich dir nicht geben.«

»Dann geben Sie mir die Kette wieder.«

»Ein Pfund Kaffee«, sagte der Mann, – »keine Zigaretten.«

»Nein.«

»Ein halbes Pfund Kaffee und zwei Päckchen Zigaretten«, sagte der Mann.

»Nein.«

Der Mann schwieg.

»Geben Sie mir die Kette wieder.« Ich streckte die Hand aus.

Der Mann ließ die Kette mit dem Stein in seiner Kitteltasche verschwinden. »Folg mir unauffällig«, murmelte er.

Der Mann stand auf, rückte seinen Hut tief in die Stirn. Er ging vor mir die Steinstufen hinunter. Seine Schritte wurden auf der Straße schneller.

Als er ein paar Häuser weit entfernt war, stand ich auf und folgte ihm. Er sah sich nicht um. Im Portal des ausgebombten Theaters verschwand er. Ich lief schnell hinter ihm her.

Der Mann stand in einer Mauernische des Portals, so, daß man ihn von der Straße aus nicht sehen konnte, und zog gerade einen kleinen Leinensack aus seinem Kittel.

»Woher soll ich wissen, daß das auch ein Pfund Kaffee ist?« fragte ich.

»Hier, sieh doch, die Verpackung ist unversehrt.« Er kicherte leise. »Du bist mir ein feines Mädel, ein feines geschäftstüchtiges Mädel.«

Ich guckte mir das Säckchen an. Es war mit grobem Garn zugenäht. Man konnte sehen, daß es noch nicht geöffnet worden war.

»Und jetzt noch die Zigaretten«, sagte ich.

Der Mann öffnete seinen Kittel und zog aus einem breiten Leinengürtel, den er um die Taille trug, drei Päckchen Zigaretten heraus.

Ich steckte alles vorne in meine Jacke.

Der Mann kicherte wieder. »Wie heißt du?« fragte er.

»Das ist doch egal.«

Der Mann kicherte noch immer. Er griff wieder in seinen Kittel mit den vielen Taschen, die man nicht sehen konnte, und zog einen Riegel Schokolade heraus.

Er hielt ihn mir hin. »Nimm.«

»Wofür?«

»Nimm«, sagte er. »Und lauf jetzt. Paß aber auf, daß dich niemand sieht.«

»Danke.« Ich steckte die Schokolade zu den Zigaretten und dem Kaffee in meine Jacke.

Ich hörte seine Schritte hinter mir, als ich aus dem Portal hinaus und die Straße hinunterlief.

Der Mann hinkte, aber das konnte man nicht sehen.

38

»Bist du noch wach?« fragte ich meinen Bruder Klaus.

»Ja«, flüsterte er zurück.

»Dann komm hinaus.«

Er murmelte mißmutig vor sich hin, als er aufstand.

Draußen schien der Mond. Er war dick und gelb und rund und stand hoch über dem alten Apfelbaum in der Mitte des Gartens. Die Luft war warm, und es roch nach Regen. Ein Glühwürmchen kam aus der Hecke an der Mauer. Es leuchtete grün über der Wiese.

Klaus rieb sich die Augen und gähnte.

Ich holte den Kaffee und die Zigaretten aus meiner Jacke.

»Woher hast du denn das?« stieß Klaus hervor.

»Eingetauscht.«

»Aber wogegen?«

»Das ist doch egal. Was denkst du, bekommst du dafür?«

»Das sind ein Pfund Kaffee und drei Päckchen Zigaretten. Das gibt schon allerhand.«

»Weißt du jemanden, der es nehmen wird?«

»Das wird man immer los.«

»Aber du mußt zusehen, daß du viel dafür bekommst.«

»Ich will erst wissen, woher du es hast«, sagte er.

»Das ist doch wirklich egal. Die Hauptsache ist doch, wir haben es.«

»Aber mir gefällt das nicht.«

»Dann gib her. Dann tausch' ich es eben allein ein.«

»Jetzt sei nicht so frech«, sagte er. »Schließlich kannst du mir doch verraten, woher du es hast.«

»Du wirst es schon noch erfahren.«

»Red nicht solch einen Blödsinn.«

»Also schön, ich hab' es gegen etwas eingetauscht, das ich noch von früher hatte. Sei jetzt zufrieden und sieh zu, daß du möglichst viel dafür bekommst. Butter vor allem, und Brot, vielleicht auch Kartoffeln.«

»Ich fahr' am besten ins Vorgebirge. Da kriegt man am meisten.«

»Aber da sind auch die meisten Razzien unterwegs.«

»Woher weißt du das denn schon wieder?«

»Von Fräulein Amman. Sie haben ihr alles weggenommen, als sie in der vorigen Woche dort war und gehamstert hat.«

»Mich schnappen sie schon nicht.«

Ich hatte noch den Schokoladenriegel in der Tasche.

Er war ganz weich. An einer Ecke mußte das Stanniolpapier zerrissen sein, denn meine Finger wurden klebrig. Mein Gaumen zog sich zusammen, und ich hatte plötzlich den Mund voll Speichel. Mein Magen war ein kleiner Knoten.

»Du hast doch irgend etwas«, sagte mein Bruder. »Was ist los?«

Ich zog schnell die Hände aus der Tasche.

»Nein. Ich hab' nur noch ein Stück Schokolade für Ricki. Hier«, ich holte es heraus und hielt es Klaus hin.

»Die ist ja schon ganz weich«, sagte er. »Die kann man nicht mehr aufbewahren.«

»Dann teil sie.«

Klaus teilte den Riegel in drei gleich große Rippen. Zwei hielt er mir hin. »Gib sie Ricki morgen früh«, sagte er.

Wir lutschten schweigend die süße, weiche Masse.
Als ich im Bett lag, aß ich Rickis Schokolade auch.

39

»Ich hab' Hunger, ich hab' solch einen Hunger . . .«

Ricki sagte das schon seit einer halben Stunde, wenn er nicht gerade vor sich hingreinte. Ich versuchte, es nicht mehr zu hören, und sah nach draußen, auf das kleine Stück Straße, auf dem in gleichmäßigem Abstand Frauenbeine in hochhackigen Riemchenschuhen und schwarzen, dünnen Strümpfen vorübergingen. Seitdem die Amerikaner hier einquartiert waren, spazierten immer Mädchen durch unsere Straße.

»Fräulein!« riefen die Amerikaner hinter ihnen her, und noch irgend etwas, wonach die Mädchen sich umdrehten, den Amerikanern zuwinkten, lachten und manchmal mit ihnen fortgingen.

Es waren immer die gleichen Mädchen, die in die Straße kamen, aber sie gingen stets mit anderen Amerikanern fort.

Tante Emmy saß am Tisch und legte sich die Karten.

»Glück über dem Haus, eine schlechte Nachricht durch einen dunklen Herrn, eine kleine Reise, tjaja«, murmelte sie vor sich hin.

»Ich hab' Hunger«, plärrte Ricki wieder.

»Sei doch still«, rief Tante Emmy. »Wir haben alle Hunger.«

Ich ging zum Schrank, nahm den letzten Kanten Brot aus der Lade und weichte ihn in Milch ein. Ich mußte die Milch mit Wasser verdünnen, damit es noch reichte. Eine Sacharintablette war auch noch da. Ricki kam zu mir und sah zu, wie der Brei auf dem Ofen zu brodeln anfing.

»Wie heißt die Suppe?« fragte er.

»Das ist Biskuitsuppe mit Pflaumen«, sagte ich. »Siehst du die schwarzen Pflaumen? Sie schmecken gleich ganz süß.«

»Es wäre Zeit, daß Klaus mal wieder hamstern geht«, sagte Tante Emmy vom Tisch her.

»Ja«, erwiderte ich. »Aber wir haben nichts mehr, was wir eintauschen können.«

»Er müßte eben bei einem Bauern arbeiten.«

»Für Arbeit bekommt man doch nichts.«

»Der Bauer ist geizig«, sagte Ricki.

»Da hast du recht, Rickilein«, nickte Tante Emmy. »Die sitzen auf ihren dicken Kartoffelsäcken, und wir können sehen, wie wir satt werden.«

Ich füllte den Brei in den Suppenteller.

»Komm, Ricki, setz dich zu mir«, rief Tante Emmy.

Sie patschte mit ihrer Hand neben sich auf den Stuhl.

Ricki blieb neben mir stehen und sah mich an.

»Geh, setz dich«, sagte ich.

Er ging zögernd zu Tante Emmy.

Sie zog seinen Kopf an ihre Brust und küßte ihn. »Du bist doch ein lieber, kleiner Bub.«

Ich trat wieder zum Fenster und sah hinaus. Die Frauenbeine in den schwarzen Strümpfen kamen vorbei. Jetzt gingen auch ein Paar Khakibeine neben ihnen her.

Klaus war in der Stadt. Er wollte versuchen, das Parteiabzeichen, das er gegen sein Mathematikbuch eingetauscht hatte, bei den Amis loszuwerden. Aber sie gaben nicht mehr viel dafür. Er würde ein Paket Zigaretten bekommen – wahrscheinlich sogar weniger.

Ricki schlürfte und schmatzte. Tante Emmy sprach leise mit ihm.

»Nein, ich will nicht«, sagte Ricki.

»Komm, die Tante füttert dich doch.«

»Nein, dann leckst du meinen Löffel ab ... nein, ich mag das nicht.« Der Löffel klirrte auf die Tischplatte.

Draußen kamen Schritte näher. Es war Klaus. Ich konnte seinen Gang daran erkennen, daß seine linke Sohle vom Schuh los war und bei jedem Tritt auf das Pflaster flappte.

»Du kannst den Teller leeressen, ich bin satt«, rief Ricki hinter mir. Ich hörte, wie Tante Emmy den Teller zu sich heranzog.

Ich blickte Klaus an, der gerade hereinkam. Er schüttelte den Kopf.

»Nichts«, sagte er. »Die haben kein Interesse mehr dafür.«

»Hast du mir Schokolade mitgebracht?« fragte Ricki. Er lief zu Klaus und faßte in seine Taschen.

»Heute nicht.« Klaus setzte sich neben Tante Emmy an den Tisch und legte die Hände flach auf die Tischplatte.

»Wann gibt es Karten?« fragte er.

»Am Montag.«

»Das sind noch drei Tage.«

»Wir haben nichts mehr im Haus«, sagte Tante Emmy.

»Ich weiß«, antwortete Klaus.

»Die lassen uns glatt verhungern«, jammerte Tante Emmy.

Ich sah Klaus an. Er hatte braune Schatten unter den Augen.

»Wir müßten irgend etwas haben, was wir verkaufen könnten«, sagte er. Er blickte Tante Emmy an. In ihrem Kleiderausschnitt konnte man die dünne Schnur von dem Säckchen sehen, das sie um den Hals trug.

Sie faßte danach und schob es tiefer unter ihr Kleid.

»Hast du nichts, was wir verkaufen könnten?« fragte Klaus und blickte sie immer noch an. »Hast du wirklich nichts?«

Tante Emmys Gesicht legte sich in traurige Falten. »Nein«, jammerte sie. »Ihr wißt doch, daß ich alles verloren habe, geradeso wie ihr.«

»Hast du nicht noch irgend etwas, das wir eintauschen können? Du wirst doch sicher auch etwas essen wollen?« sagte Klaus.

Er blickte auf den roten Hals von Tante Emmy, dahin, wo eben noch die Schnur von dem Säckchen gewesen war.

Tante Emmy wandte den Kopf von einer Seite zur anderen. Sie legte die Karten ineinander und mischte sie mit unruhigen Fingern. Sie rutschte auf ihrem Stuhl hin und her.

»Wir werden drei Tage lang nichts zu essen haben, wenn wir nichts finden, was wir eintauschen können«, sagte Klaus.

»Ja«, murmelte Tante Emmy, »ja, vielleicht könnten wir beim Krämer etwas auf Vorschuß bekommen?«

»Wir können keinen Vorschuß nehmen«, sagte Klaus. »Wir haben kein Geld dazu, und wenn wir uns auf die Karten Vorschuß geben lassen, dann haben wir in der nächsten Woche nichts zu essen. Außerdem tut er das auch nicht.«

»Ja dann ... ja dann ...«, Tante Emmys Hals wurde röter. Ich konnte an ihrer linken Halsseite die Ader klopfen sehen.

Ihre Hand griff an ihre Brust, fiel wieder auf den Tisch zurück. Es war sehr still im Zimmer. Auch Ricki schaute sie jetzt an. »Ja dann, ja dann ...«

Plötzlich stand sie auf, ging in die Zimmerecke. Ich sah, wie sie die Schnur aus dem Kleid zog, über den Kopf streifte und das Beutelchen öffnete.

Meine Hände waren naß. Ich konnte nicht mehr stehen. Ich mußte mich auf das Bett setzen.

Sie schrie nicht auf. Sie drehte sich ganz langsam um. Ihr Gesicht war weiß und eingefallen.

»Wer hat das getan?« flüsterte sie.

»Was?« fragte Klaus verständnislos.

Ricki lutschte am Daumen und sah uns ängstlich an.

»Einer von euch hat mich bestohlen.«

Ich hörte, wie sie sich auf den Stuhl am Tisch fallen ließ. Dann war nur noch ihr Röcheln zu hören.

»Wir stehlen nicht!« Klaus' Stimme zitterte.

»Ihr habt mich bestohlen!« wiederholte Tante Emmy. »Ihr habt mich schändlich und heimlich bestohlen. Ihr seid Diebe!«

Ich mußte mich umdrehen. Klaus blickte mich an. Ich mußte von ihm fortsehen. Ricki blickte mich an. Ich mußte von ihm fortsehen. Ich schaute Tante Emmy an.

»Ich habe ihn genommen«, sagte ich. »Und wir haben davon zwei Wochen leben können. Wir haben fast zwei Wochen davon gegessen.«

Sie war so schnell bei mir und schlug auf mich ein, daß ich nicht einmal mehr die Arme vors Gesicht heben konnte.

»Du Diebin!« schrie sie. Sie schrie es so laut. Es gellte in meinen Ohren. »Du Diebin, du Diebin!« Ihre Stimme überschlug sich. Plötzlich rissen ihre Hände nicht mehr an meinen Haaren, schlugen nicht mehr in mein Gesicht. Tante Emmy war aufs Bett gefallen, und lag da, mit blauem, aufgedunsenem Gesicht.

»Wir hatten kein Geld mehr«, sagte ich in die großen Augen von Klaus hinein. »Wir hatten keine Lebensmittelkarten mehr, und da hab' ich die Kette genommen. Die Zigaretten und den Kaffee, die du eingetauscht hast, habe ich dafür bekommen. Wir haben vierzehn Tage lang davon gegessen.«

Ricki hockte neben Tante Emmy auf dem Bett. »Wein nicht«, sagte er. »Sei still, Ricki hat dich doch lieb. Die Karin stiehlt immer. Die kommt auch in die Hölle. Wein nicht mehr, sie kommt bestimmt in die Hölle.«

»Komm hinaus.« Klaus faßte mich an der Schulter und schob mich vor sich her nach draußen.

»Warum hast du es mir nicht gesagt?« fragte er.

»Ich weiß es nicht!«

»Wenn du es mir gesagt hättest, wäre es nicht so gewesen wie eben.«

»Es ist doch jetzt vorbei. Es ist doch jetzt egal«, sagte ich.

Mein Kopf tat weh, da, wo ich gegen die Wand geschlagen war.

»Sie hätte uns die Kette bestimmt auch gegeben, wenn wir sie darum gebeten hätten«, sagte Klaus.

Ich spürte, wie mein linkes Augenlid dick wurde. Ich fühlte danach. Es brannte. Nach einer Weile konnte ich auf dem linken Auge nichts mehr sehen. Es war zu.

»Es ist doch vorbei, es ist doch egal«, sagte ich. Ich sagte es zu der Treppe, auf der ich saß, zu der Mauer, an der ich lehnte, zu dem Gras, das ich roch, zum Himmel, der über mir war und zu den Sternen, die helle Löcher in ihn rissen.

40

An dem Tag, als Klaus das Beil mitbrachte, gingen wir in den Wald.

Es war schon dunkel, und der Mond schien blaß. Auf dem Laub glitzerte Herbstreif. Ich stolperte über Wurzeln und Erdbrocken und einmal fiel ich hin.

»Paß doch auf«, schimpfte Klaus. »Wir müssen leise sein.«

»Es ist doch niemand hier.« Ich rieb meinen Arm. Er fühlte sich naß und klebrig an, da wo er aufgescheuert war, und die Wunde brannte. Ich hätte am liebsten geweint.

Mein Bruder nahm mich bei der Hand und zog mich vorwärts.

»Hast du denn schon einen Baum ausgesucht?« fragte ich.

»Frag nicht so dumm, hier gibt's doch genug.«

Wir kamen an eine Schonung, von da aus konnte man die Lichter in der Stadt sehen. Es waren die Scheinwerfer der amerikanischen Autos, die durch die Straßen fuhren.

»Wenn uns jemand dabei erwischt, was machen sie dann mit uns?« fragte ich.

»Sei doch still!«

Ich fragte nichts mehr. Klaus legte das Beil auf die Erde, und ich konnte sehen, daß er mit seinen Händen einen Baumstamm befühlte. Der Baum war nicht sehr hoch, und der Stamm war dünn.

»Den nehmen wir«, sagte mein Bruder.

Er nahm das Beil und begann, gegen den Stamm zu schlagen.

Die Schläge waren sehr laut. Die Holzsplitter flogen nach allen Seiten.

Ich guckte mich immer wieder um, aber ich konnte nichts sehen. Da waren nur die Baumstämme und die dunklen Büsche. Einmal raschelte es irgendwo, und ganz weit weg bellte ein Hund. Dann hörte ich nur wieder die Schläge gegen den Baumstamm und das Knattern, mit dem der Stamm abbrach und umfiel.

»Hilf mir jetzt«, keuchte Klaus.

Ich zog das Messer aus der Jackentasche und begann, so, wie er es mir gesagt hatte, an den Ästen herumzusäbeln. Aber es dauerte lange, bis ich auch nur einen Zweig abhatte.

Klaus stieß mich ungeduldig zur Seite. »Mach nur die kleinen ab.«

Ich zerrte und riß an den dünnen Zweigen und an dem Laub, und mein Bruder hackte die großen Äste ab.

»Das ist für mindestens drei Wochen Holz.« Klaus zersägte den Stamm in Klötze.

Wir gingen den Weg zehnmal hin und zurück, bis wir alles Holz auf dem Leiterwagen verstaut hatten. Als wir wieder unten in der Stadt waren, schlug die Kirchturmuhr zwölf.

Der Leiterwagen ratterte über das Pflaster, obwohl wir die Räder mit Lappen umwunden hatten. Es war das einzige Geräusch, das ich hören konnte. Die Straßen waren leer und dunkel und hinter keinem Fenster brannte Licht.

Einmal kam aus einer Nebenstraße ein Jeep. Er fuhr mit abgeblendeten Lichtern an uns vorbei. Die Amerikaner sahen uns nicht.

Wir hielten uns immer ganz nahe an den Häusern und den Ruinen und kamen ungesehen nach Hause. Wir schichteten das Holz hinten im Hof auf. Ich wärmte die Suppe vom Mittag, aber Klaus konnte sie nicht mehr essen. Er schlief sofort in einem Sessel ein.

Am nächsten Morgen war die Hälfte des Holzes gestohlen. Wir konnten die Spur bis in den angrenzenden Garten verfolgen, aber das Holz bekamen wir nicht zurück.

Am Weihnachtsabend brachte mein Bruder das Mädchen mit. Klaus wurde sechzehn. Er war ein großer Junge. Das Mädchen war fünfzehn. Sie hatte schwarze Haare und schwarze Augen. Sie trug einen kleinen Koffer in der Hand.

»Das ist Rita«, sagte mein Bruder.

»Was willst du hier?« fragte Ricki und gab ihr die Hand.

Klaus gab mir einen Wink. Draußen sagte er: »Sie ist ganz allein. Ich hab' sie vor dem Bahnhof getroffen. Sie hat keine Eltern mehr. Ich hab' gesagt, sie kann über die Feiertage hierbleiben.«

»Woher kommt sie denn?«

»Aus Berlin.«

»Da sind doch die Russen. Ist sie auch vergewaltigt worden?« Ich wußte nicht, was das war, aber alle Frauen wurden von den Russen vergewaltigt.

»Natürlich sind da Russen«, sagte mein Bruder. »Sie ist eben klug und hat sich durchgeschummelt.«

»Von mir aus kann sie hierbleiben«, erwiderte ich. »Wenn Tante Emmy nichts dagegen hat.«

»Na, ihr habt's aber fein«, sagte das Mädchen, als wir wieder ins Zimmer kamen. »Wohnt ihr hier ganz allein?«

»Nein«, antwortete Klaus. »Wir haben noch eine Tante. Die kommt gleich.«

»Da geh' ich wohl besser.« Das Mädchen hatte flinke Augen. Sie griff nach ihrem Koffer.

»Laß nur. Du kannst ruhig hierbleiben. Meine Tante sagt schon nichts. Das ist sowieso unser Zimmer.« Klaus sagte das, als gehöre uns das ganze Haus.

»Karin!« rief Oma Lauscher von oben aus dem Haus. »Karin!«

Ich rannte zur Treppe. »Ja?« schrie ich hoch.

»Wie?« machte Oma Lauscher und hielt die Hand hinter ihr Ohr.

Ich lief die Treppe hinauf. »Ja, Oma Lauscher?«

»Ich habe ein Weihnachtsgeschenk für euch«, schrie Oma Lauscher. »Komm herein!«

Sie humpelte an ihrem Stock voran.

Der Stock hatte als Krücke einen kleinen weißen Pferdekopf.

Ricki hatte ihr den Stock einmal geklaut und damit Reiten gespielt. Seitdem drohte sie ihm stets damit, wenn sie ihn sah, und er lief kreischend davon.

In dem Zimmer roch es schlecht. Oma Lauscher machte nie die Fenster auf. Auf dem Tisch saß ihre Katze. Sie leckte ihre Pfoten.

»Setz dich, Kind«, schrie Oma Lauscher. Ihr kleiner Kopf wackelte auf dem dünnen Hals hin und her.

Ich setzte mich auf den runden Schemel mit dem Samtbezug. Der Samt war einmal rot gewesen. Jetzt waren weiße Flecken darauf. Vielleicht waren die Flecken von der Katze. Wenn Sie etwas zu essen bekam, sprang sie immer auf den Hocker.

Oma Lauscher öffnete eine der großen Schubladen der Kommode. Sie zog einen weißen Leinensack hervor.

»Mach ihn mal auf«, schrie sie, und hielt ihn mir hin.

Magere, graue Plätzchen waren darin, und grüne Hustenbonbons.

»Danke, Oma Lauscher!« schrie ich zurück.

»Wie?« sagte Oma Lauscher und hielt ihre Hand hinters Ohr.

»Vielen Dank!«

Sie nickte zittrig. »Die hab' ich für euch aufbewahrt. Sind noch vom letzten Jahr.«

Die Plätzchen rochen muffig. Ricki aß sie aber trotzdem.

Tante Emmy stand am Herd und rührte in der Milchsuppe.

»Noch einen Esser mitzubringen, als wenn wir zuviel hätten«, murmelte sie vor sich hin. »Diese Rücksichtslosigkeit.«

Die Suppe kochte über. Die Milch zischte auf die Ofenplatte. Es roch verbrannt.

Rita saß auf der Fensterbank neben Klaus. Sie sahen zum Fenster hinaus. Sie sprachen nicht.

Tante Emmy klapperte mit den Tellern.

»Essen ist fertig«, sagte sie.

Wir setzten uns an den Tisch.

»Danke, lieber Gott, alle, alle Amen«, betete Ricki.

Tante Emmy aß schnell und ohne aufzusehen.

Rita ließ die Hälfte ihrer Suppe stehen. Tante Emmy lächelte ihr zu. »Schon genug?«

»Ja, danke«, sagte Rita.

»Dann werd' ich den Rest noch essen. In dieser Zeit soll man nichts umkommen lassen.«

»Horch, wie mein Magen knurrt.« Ricki hielt sich mit beiden Händen seinen Bauch.

Tante Emmy stand vom Tisch auf und legte sich auf das Bett.

Rita und Klaus gingen hinaus. Ich wusch das Geschirr ab und brachte Ricki zu Bett.

»Was krieg' ich denn zu Weihnachten?« fragte Ricki.

»Schlaf jetzt schön«, sagte ich. »Ich rufe dich, wenn das Christkind hier war.«

Mitten in der Nacht weckte mich Klaus.

»Komm, Ricki ist schon draußen.«

Ich zog mein Kleid und meinen Mantel an. Als ich in den Hof kam, sah ich, daß es geschneit hatte.

Rita, Klaus und Ricki hockten in der Mauerecke. Klaus hatte eine Kerze angezündet. Die Flamme zuckte im Luftzug. Das Wachs tropfte auf den Schnee. Der Schnee schmolz in einem Kreis um die Kerze.

»Setz dich hierher«, sagte Klaus. Ich hockte mich auf die Fersen vor die Kerze. Jetzt brannte die Flamme ruhig.

»Ist ja nicht viel«, sagte Klaus und gab jedem ein Viertel von einem Riegel Schokolade. Für Ricki hatte er ein Schiff aus Holz gebastelt. Ich bekam ein Paar Pantoffeln. Sie waren nicht neu, aber aus rotem Leder und innen war weißer Pelz.

»Woher hast du die?« fragte ich.

»Sag ich nicht – Hauptsache, du freust dich.«

»Sehr«, sagte ich.

Klaus nickte. Er lächelte.

»Für dich hab' ich leider nichts«, sagte er dann zu Rita.

Rita schüttelte den Kopf. »Macht nichts.« Sie zog ein Paket Zigaretten aus der Tasche. Es waren Schriftzeichen darauf, die ich noch nie gesehen hatte.

»Das sind russische«, sagte sie.

»Bist du vergewaltigt worden?« fragte ich, weil ich plötzlich wieder daran denken mußte.

»Natürlich«, sagte Rita. »Das tun sie doch mit allen.«

»Was – ich meine – was ist . . .«

»Sei doch still, Karin!« Klaus machte ein böses Gesicht.

Rita lachte. »Du weißt das nicht? Warte, ich erzähl's dir mal.«

»Ich hab' doch auch was für euch«, sagte ich und zog den Beutel mit den Plätzchen von Oma Lauscher unter dem Mantel hervor, die Handschuhe für Klaus, die ich aus Socken genäht hatte, die Mütze für Ricki und die kleine Pafümflasche für Rita.

»Es ist nicht mehr viel Parfüm drin. Tante Emmy hat es mir mal geschenkt.«

»Danke.« Rita steckte das Fläschchen in die Tasche. Sie sah es nicht einmal an.

Dann gingen wir wieder ins Haus.

Ich nahm Ricki bei der Hand. Er schlief schon fast. Er preßte das Schiff fest gegen seine Brust. Auf dem Kopf trug er die Mütze.

»Ricki so müde«, murmelte er.

»Jaja«, sagte ich. »Du schläfst jetzt schön.« Er schlief, noch ehe ich ihn zugedeckt hatte.

Rita setzte sich in den Lehnstuhl, den wir an den Ofen gerückt hatten und Klaus legte sich auf das Sofa, das viel zu kurz für ihn war. Seine Beine standen unterhalb der Knie darüber hinaus.

42

»Komm, so mußt du es machen, gib mir deine Hand«, sagte die Stimme. Ich erkannte sie zuerst nicht. Dann wußte ich, daß es Rita war.

Ich drehte mich so, daß ich zu ihrem Sessel sehen konnte und öffnete die Augen.

Das Mädchen stand vornübergebeugt vor dem Sessel.

»Ich kann das doch nicht«, flüsterte mein Bruder Klaus. Das Flüstern kam aus dem Sessel.

»So mußt du es machen«, sagte Rita.

Ich konnte nicht sehen, was er machen sollte, aber ich hörte, wie Stoff riß.

»Jetzt hast du mein Kleid kaputtgemacht«, zischte Rita.

Mein Bruder antwortete etwas, aber ich verstand es nicht. Ich sah, daß die Beine von Rita nackt waren.

Mein Bruder keuchte. Dann sagte das Mädchen: »Laß doch! Du kannst ja nichts!«

Ich zog mir die Decke über den Kopf und schlief wieder ein. Als ich am Morgen erwachte, war Rita fort.

Sie hatte die Pantoffeln, die Klaus mir geschenkt hatte, mitgenommen.

»Du hast aber einen schönen Mantel an«, sagte ich.

»Ja, nicht wahr?« Sigrid schlug den Mantelkragen hoch. »Und warm ist er, schau nur, mit dem breiten Kragen.« Sie drehte sich vor mir hin und her.

»Er ist wirklich sehr schön«, sagte ich.

»Ich hab' ihn vom Ami meiner Schwester bekommen«, erzählte Sigrid. »Er hat ihn mir gekauft. Eigentlich wollte ich ja einen roten haben, aber dieses Blau ist auch schön, findest du nicht?«

»Ja, sehr schön«, erwiderte ich.

Sie ging neben mir her. Ihre Absätze klapperten hell. Sie hatte auch neue Schuhe an. Schwarze, glänzende Lederschuhe und weiße Söckchen. Sie schlug den Mantelkragen hoch und wieder herunter. Sie steckte die Hände in die runden aufgesetzten Taschen und zog sie wieder heraus. Ich sollte sehen, wie stolz sie auf die neuen Sachen war.

»Du mußt jetzt wirklich wieder zur Schule kommen«, sagte sie dann. »Der Rektor hat schon zweimal nach dir gefragt. Er meint, es sei nur faule Schlamperei, daß du nicht kämst. Er habe dich schon so oft auf der Straße gesehen, daß es nicht stimmen könne, daß du krank bist.«

»Mir ist egal, was er meint.« Ich zuckte die Schultern. Seitdem ich der Tante den Stein genommen hatte, war ich nicht mehr zur Schule gegangen.

»Aber du wirst doch sitzenbleiben«, sagte Sigrid. »Wir sind jetzt schon bei der Bruchrechnung, und wir schreiben so schwere Aufsätze. Du weißt ja, daß ich mich nicht gerne anstrenge, aber ich bin so froh, daß ich die letzten Noten immer gut und sehr gut hatte.« Sie nickte stolz mit dem Kopf. »Meine Mutter sagt immer, die Bildung ist das Wichtigste im Leben.«

»Wie alt ist deine Schwester eigentlich?« fragte ich.

»Sie ist sechzehn«, erwiderte Sigrid. »Aber sie sieht natürlich viel erwachsener aus. Findest du nicht, daß ich auch älter aussehe?«

»Nein.«

Sie hatte ein mageres Mausgesicht mit runden, schwarzen Augen und spitzen Zähnen. Ihre Haare waren zu dünnen Schillerlocken gedreht.

»Ah«, machte sie beleidigt. »Der Freund vom Ami meiner Schwester hat mich schon gefragt, ob ich nicht seine Freundin sein will. Als ich einmal mit ihm spazierengegangen bin, hat er versucht, mich zu küssen.« Sie kicherte. »Er hat sogar nach meiner Brust gefaßt. Aber ich habe es mir nicht gefallen lassen. Ich bin ihm natürlich weggelaufen.«

»Ist der Ami von deiner Schwester nett?« fragte ich.

»Och, es geht«, sagte Sigrid. »Wenn er nichts getrunken hat, ist er sehr nett. Aber manchmal, wenn er abends kommt und Freunde mitbringt, und sie irgend so ein Zeug trinken, das Whisky heißt, dann brüllt er nachher, wenn er mit meiner Schwester allein ist. Und einmal hat er sie sogar geschlagen. Aber er bringt uns eben alles mit, was wir haben wollen, das ist die Hauptsache.«

»Sagt deine Mutter denn nichts, wenn er deine Schwester schlägt?«

»Meine Mutter hört doch so schlecht. Und dann schläft sie ja auch schon.«

»Wohnt der Ami bei euch?«

»Du bist aber dumm«, rief Sigrid. »Natürlich nicht. Er bleibt nur manchmal da, wenn er mit meiner Schwester schlafen will. Aber ich hab' das nicht sehr gern, weil ich dann bei meiner Mutter schlafen muß, und die schnarcht so.«

»Weißt du, was er tut, wenn er mit deiner Schwester schläft?« fragte ich.

Sigrid sah mich schnell an. Ihr Gesicht war rot. Ihre Augen glitzerten. »So etwas darfst du mich nicht fragen, das kann man doch nicht erklären.«

»Wenn du es mir nicht erzählen willst, dann laß es bleiben.«

»Ach ja – denk nur, wir können wieder baden«, sagte Sigrid rasch. »Der Ami hat uns einen Installateur besorgt, der die Wasserleitung und den Gasboiler repariert hat. Du kannst mir glauben, es ist wunderbar, wieder zu baden, auch wenn man es nur selten kann, weil die Gasration so klein ist. Aber meine Mutter sagt, man fühlt sich dann erst wieder richtig als Mensch.«

»Deine Mutter wäscht doch auch für Amerikaner«, sagte ich. »Meinst du, ihr könntet mir einen besorgen, für den wir waschen können?«

»Das tut meine Mutter nicht mehr, seit meine Schwester den Ami hat. Was denkst du denn?«

»Könntest du nicht vielleicht doch mal ...«

»Jaja«, sagte Sigrid. Wir waren vor dem Schulhof angelangt. »Ich will mal sehen. Ich werde mal fragen.« Sie sah an mir vorbei. »Weißt du, ich laufe jetzt schnell zuerst rein – aber du kommst doch nach? – Du verstehst ja, ich – ich möchte nicht, daß man mich mit dir sieht, weil du doch ...«

»Geh schon«, sagte ich.

Ich blickte ihr nach, wie sie in ihrem neuen, himmelblauen Mantel die Treppe zum Schulhaus hinauflief.

Ich blieb noch eine Weile stehen. Der Schulhof war leer. Ich konnte nicht in die Klassen sehen, weil die meisten Fenster noch mit Pappe und Fliegendraht zugenagelt waren.

Es kam niemand, und niemand sah mich. Ich hörte nur aus dem Klassenraum, der mir am nächsten war, helles Stimmengemurmel.

Und dann, lauter als die anderen, Sigrids Stimme: »Brüche werden miteinander multipliziert, indem man Zähler mit Zähler und Nenner mit Nenner ...« Ich wandte mich um, begann zu laufen. Ich rannte, bis ich an dem Botanischen Garten angelangt war. In dem Eisengitter, das ihn einschloß, war noch das Loch, das eine Granate hineingerissen hatte. Ich kletterte hindurch und ging tief in den Garten. Da gab es einen Rasen, der rundherum von hohen Rosenbüschen umgeben war. Die Zweige waren noch kahl, bis auf die kleinen Knospen, die man nur sehen konnte, wenn man ganz nah heranging. Ich setzte mich auf die Wiese. Der Boden war warm. Ich legte mich hin, den Kopf auf der Schultasche. Die Sonne schien in mein Gesicht. Eine Ameise krabbelte über meinen Arm. Dann schlief ich ein.

44

»Ich kann dir nichts mehr geben, wenn du keine Karten hast.« Herrn Schultes Augenlider zuckten nervös. Herr Schulte war schon im Krieg nervös. Er war nervös, solange ich denken konnte. Deshalb war er auch nicht eingezogen worden.

»Aber ich möchte doch nur ein halbes Pfund Haferflocken.

Die können Sie mir doch geben. Ich bringe Ihnen die Abschnitte bestimmt.«

»Nein, nei–nein!« Herrn Schultes Mund zuckte jetzt auch. »Wo käme ich da hin? Ich hab' euch immer wieder geholfen. Die Langmut hat ein Ende. Wo käme ich da hin?«

»Aber doch nur ein halbes . . .«

»Nein, nein.« Herr Schulte schüttelte energisch seinen zuckenden Kopf.

Er wandte sich dem alten Mann neben mir zu.

»Bitte schön . . .«

»Ja, Herr Schulte, sie wissen doch . . .«

Ich ging hinaus. Draußen vor dem Geschäft stand die Frau. Sie trug einen grauen Herrenhut auf ihrem grauen Haar.

Sie hielt mich am Ärmel fest.

»Karin Thoma, nicht wahr?« Ihre Stimme war die eines Mannes.

»Was wollen Sie von mir? Warum haben Sie mir aufgelauert?«

»Aufgelauert? Aber nicht doch, Kind . . .«

»Lassen Sie mich los«, sagte ich und befreite meinen Arm aus ihren Fingern mit den grauen Strickhandschuhen. »Sie haben mir aufgelauert. Sie sind mir nachgekommen, als ich aus dem Haus ging, bis hierher zum Kaufmann. Dann haben Sie hier draußen auf mich gewartet.«

»Das stimmt«, sagte die Frau. »Und du wirst mich jetzt brav anhören.«

Sie ging neben mir her. Ich ging schneller. Aber die Frau blieb neben mir.

»Ich bin von der Fürsorge. Mein Name ist Erika Brand. Ich möchte euch doch nur helfen. Wir haben dich und deine Brüder beobachtet.«

»So?«

»Ja, und es war wenig Erfreuliches, was wir gesehen haben.«

»Lassen Sie mich doch in Ruhe«, sagte ich. »Wir wollen ja nichts von Ihnen.«

»Wir aber von dir.« Die Frau war kurzatmig, weil sie so schnell gehen mußte.

»Ihr wohnt bei eurer Tante, nicht wahr? – Eure Eltern leben nicht mehr, nicht wahr? – Du bist schon seit Monaten nicht mehr in die Schule gegangen, nicht wahr? – So antworte doch. Wir wollen euch nur helfen.«

»Was können Sie denn für uns tun?« fragte ich.

Die Frau erwiderte ein paar Schritte lang nichts.

Dann sagte sie: »Du solltest nicht so frech sein. So etwas ist mir ja im Leben noch nicht vorgekommen.«

Wir waren vor unserem Haus angelangt. Die Frau kam mir durch den Vorgarten nach.

Ich blieb an der Tür stehen, suchte meinen Schlüssel heraus. Unten drückte Ricki seine Nase an der Fensterscheibe platt.

»Das ist dein kleiner Bruder, nicht wahr?«

»Ja. – Wollen Sie nun mit hineinkommen?« fragte ich und stieß die Tür auf.

»Aber sicher.«

Die Frau drehte sich langsam in unserem Zimmer um. Ihre Augen drangen in jeden Winkel. Plötzlich schämte ich mich, weil das Bett von Tante Emmy noch nicht gemacht war.

»Wo ist die Tante?« fragte ich Ricki.

»Och, weiß nicht.« Ricki hob die Schultern. »Die ist schon lange fort.« Er sah die Frau neugierig an.

»Willst du mir nicht guten Tag sagen?« fragte die Frau.

Ricki behielt die Hände auf dem Rücken. »Bist du ein Mann oder eine Frau?«

Die Frau wurde selbst am Hals rot.

»Du hast eine Männerstimme und einen Männerhut auf, aber du hast Frauenkleider an.«

»Ricki, das ist Frau Brand, und man sagt nicht du zu fremden Leuten«, sagte ich.

Die Frau lächelte mich plötzlich an. Sie ging auf Ricki zu und nahm seine Hand.

»Ich bin Tante Brand«, sagte sie. »Und du bist also der Ricki.«

»Was will die Frau hier?« fragte er. »Kriegen wir jetzt noch eine Tante?«

»Nein«, sagte die Frau. »Ich wollte nur einmal sehen, wie es euch geht.«

»Das hat Tante Emmy auch gesagt und dann ist sie hiergeblieben.«

»Magst du deine Tante Emmy nicht?«

»Och, die ...« Ricki preßte seine Lippen zusammen, als ich ihm hinter dem Rücken der Frau eine Ohrfeige androhte.

»Na?« fragte die Frau.

»Och, die ... die Tante Emmy, die ist ganz nett«, murmelte Ricki.

Die Frau ließ Rickis Hand los und wandte sich zu mir um. Sie sah mich mißtrauisch an.

Ich lächelte. »Sie wollten doch etwas für uns tun.«

»Jaja, natürlich.« Die Frau blickte sich nach einem Stuhl um, setzte sich dann an den Tisch.

Sie kramte lange in ihrer Aktentasche. Dann zog sie mehrere Formulare heraus, legte sie vor sich auf die Platte.

»Also«, sagte sie. »Hier in diese Formulare werden du und dein Bruder alles wahrheitsgemäß über eure Lage, das heißt, über die Person, welche die Aufsichtspflicht über euch hat, über eure Geldverhältnisse, Schulbesuch, Fliegerschaden, Eltern, Verwandte und so weiter eintragen. Dieses Dokument bringt ihr dann zu uns, und wir werden euren Fall prüfen. Wir geben euch Bescheid, was wir für euch tun können. Und denk daran, du mußt zur Schule gehen, Karin, das ist deine Pflicht. Wir werden euch auch weiterhin beobachten.«

»Bist du von der Polizei?« fragte Ricki.

»Nein«, erwiderte die Frau. »Ich bin von der Fürsorge. Was das ist, verstehst du noch nicht.«

»Aber warum willst du meine Schwester beobachten?«

»Weil wir euch helfen wollen.«

»Au fein«, sagte Ricki. »Dann bringt uns mal doll viel zu essen und Kohlen und was zum Anziehen, und wenn ihr viel Geld habt, dann könnt ihr mir auch was zum Spielen kaufen.«

45

Ich ging einen Monat lang in die Schule. Wir hatten die Formulare ausgefüllt, und wir bekamen eine Karte: »Die Verhältnisse der Kinder Klaus, Karin und Richard Thoma unter der Kennummer II/193568/46 werden geprüft. Gegebenenfalls wird die Fürsorge den Unterhalt und die Erziehung der Kinder unter ihre Aufsicht nehmen ...«

Die Frau mit dem Herrenhut kam zweimal zu uns nach Hause, als ich in der Schule war. Sie sprach mit Tante Emmy und versicherte ihr, daß unser Fall geprüft werde. Ich sah sie auch einige Male an der Schule stehen, wenn der Unterricht vorbei war. Aber das war nur in den ersten drei Wochen so, nachdem sie mich auf der Straße angesprochen hatte. Ich besuchte sicherheitshalber noch eine Woche lang die Schule. Dann nicht mehr.

Es konnte noch lange dauern, bis die Fürsorge uns helfen würde, und so lange mußten wir uns selbst helfen.

46

»Die Hauptsache ist doch, daß wir etwas zu essen haben«, sagte ich.

»Aber wir können das nicht machen. Wenn die uns nun schnappen«, wandte Klaus ein.

»Wir haben bisher stets Glück gehabt.«

Mein großer Bruder hatte die Ellbogen auf den Knien aufgestützt und sein Gesicht in seine Hände gelegt. Seine Wangen waren grau. Unter seinen Augen waren Falten und schwarze Ringe.

»Er hat mir noch nicht einmal den letzten Lohn ausgezahlt«, sagte mein Bruder.

»Das kann er doch nicht machen! Wir müssen ihn anzeigen!«

»Wo willst du ihn denn anzeigen?« fragte Klaus.

»Bei der Polizei. Vielleicht . . .«

»Als ob das etwas nützte.« Klaus schüttelte den Kopf.

»Wie ist es denn eigentlich passiert?« – Ich dachte daran, daß mein Bruder nicht lange in der Ziegelei gearbeitet hatte. Eines Tages, als er hinkam, war der Betrieb geschlossen. Er ging noch ein paarmal hin, aber er erfuhr nur, daß der Besitzer der Ziegelei bei einer Razzia gefaßt worden war. Seitdem blieb er verschwunden. Klaus arbeitete dann bei einem Kohlenhändler. Der versprach ihm einen anständigen Lohn und zu Weihnachten einen Zentner Briketts. Als Klaus ihn im Januar daran erinnerte, warf der Mann ihn hinaus. Mein Bruder hatte drei Monate umsonst gearbeitet. Bis heute war er zu einem Elektriker in die Lehre gegangen. Nun war das auch schon wieder zu Ende.

». . . Ich habe die Reparatur ausgeführt«, sagte Klaus. »Ein anderer Lehrling war dabei. Das ist ein neuer, der alles tut, was der Meister von ihm verlangt. Der hat mich verpfiffen. Die

Leute, bei denen ich die Reparatur ausgeführt habe, gaben mir drei Zigaretten. Unser Meister hatte befohlen, wir müßten ihm alles abliefern, auch das Trinkgeld. Im Anfang tat ich das auch, aber dann, als ich merkte, daß er es für sich behielt, und es nicht geteilt wurde, wie er versprochen hatte, da habe ich es eben nicht mehr getan. Ich habe dem Lehrling, der bei mir war, eine Zigarette gegeben. Aber er hat trotzdem gequatscht. Er wußte, wenn er es dem Meister erzählt, ist er gut bei ihm angeschrieben – na, und da hat er es eben getan.«

»Deswegen hat der Meister dich hinausgeworfen?«

»Ja.«

»Und jetzt kannst du keine andere Arbeit bekommen?«

»Nein.«

»Ja, dann müssen wir doch etwas tun.«

»Das weiß ich auch«, sagte Klaus.

»Erklär's noch einmal«, fügte er nach einer Weile hinzu.

»Also, wenn wir hier durch den Garten von hinten her an das Haus rankommen, ist es ganz leicht. Die Amerikaner sind nie im Garten. Wir könnten also ganz frühmorgens dahin schleichen. Das Fenster der Küche hat einen Sprung. Es ist nicht schwer, es einzustoßen. Und ich habe gesehen, daß der Kaffee in Leinensäcken auf dem Küchenschrank liegt. Wir könnten ein paar Pfund kassieren. Die Amis werden das bestimmt nicht merken – das heißt, wenn sie es merken, sind wir schon längst auf und davon.«

»Wir müssen die Fensterscheibe mit Leukoplast verkleben«, sagte Klaus. »Wenn wir sie dann eindrücken, macht es keinen Lärm.«

»Leukoplast kann ich in der Apotheke besorgen. Wenn der Apotheker Nachtdienst hat, schläft er stets über seinem Pult ein.«

»Meinst du, wir sollen es versuchen?«

»Sicher, wir nehmen Ricki mit. Der paßt auf.«

»Nein«, sagte mein Bruder. »Nein.«

»Ricki macht es Spaß. Wir müssen ihm nur etwas Schokolade als Belohnung organisieren.«

»Ich überlege es mir noch mal«, sagte mein Bruder langsam.

47

Es war noch dunkel, als wir uns durch die Gärten zu dem Haus schlichen.

Ricki lief wie ein kleiner Dackel vor uns her.

Während Klaus die Küchenscheibe mit Leukoplast verklebte, hockte Ricki an der Mauer. Ich hörte, daß er schnell atmete, bis er sich die Hand vor den Mund hielt, damit man es nicht mehr hören sollte.

Einmal knallte oben im Haus eine Tür. Jemand lief über den Flur im ersten Stock. Dann war es wieder ruhig.

Es knackte nur leise, als Klaus die Scheibe eindrückte. Dann waren wir in der Küche. Ich kletterte auf den Küchenschrank und warf Klaus die Kaffeesäckchen herunter. Es waren fünf Leinensäcke.

Ich nahm noch ein paar Büchsen mit und einen großen Block Schokolade.

Ricki hockte immer noch an der Mauer.

»Die Amis schlafen aber doll fest«, flüsterte er, als wir wieder in unserem Garten waren.

»Du wärest bestimmt wach geworden, was, Ricki?« Klaus lachte plötzlich.

»Nur gut, daß die Amis so einen festen Schlaf haben«, sagte ich.

In den Büchsen war Corned Beef. Wir machten zwei davon auf und wärmten das Fleisch auf einem Feuer, das wir in unserer Hofecke anzündeten.

Ricki hatte schon so viel Schokolade gegessen, daß er von dem Fleisch nichts mehr mochte.

»Ich will immer nur Schokolade essen«, sagte Ricki. Er rieb sich müde die Augen. »Wenn ich ganz groß bin, esse ich nur noch Schokolade.«

Er kuschelte seinen Kopf in meinen Schoß und schlief ein. Ich deckte ihn mit meiner Jacke zu.

»Es war ein Amerikaner hier, der nach dir gefragt hat«, sagte meine Tante.

Ich legte das Maisbrot auf den Tisch. Meine Tante nahm das Messer aus der Schublade und begann, das Brot in Scheiben zu schneiden. Der Teig blieb in nassen Flocken an dem Messer kleben.

»Was wollte der Amerikaner?«

»Ich weiß nicht. Er fragte nach dir. Er sagte, er heißt John. Er war schon mal hier.«

»John? John ist doch nicht mehr hier?«

»Er hatte eine Reisetasche bei sich«, sagte meine Tante.

Sie legte das Brot auf einen Teller. Ich ging zum Waschtisch und goß Wasser aus der Kanne in die Schüssel. Ich wusch mein Gesicht.

»Hat er gesagt, er kommt noch einmal vorbei?« fragte ich.

»Ich habe nicht mehr verstanden, als daß er dich sehen wollte«, murmelte meine Tante mit vollem Mund.

Ich zog meine Jacke aus und wusch mir die Arme. Es war schwül, und meine Haut fühlte sich feucht an.

Ich ging zum Schrank und suchte meinen Pullover.

»Hast du meinen Pullover gesehen?« fragte ich.

»Deinen Pullover?« Ihre Stimme war noch immer undeutlich. »Ich habe gedacht, du brauchst ihn nicht mehr.«

Mein Hals war plötzlich eng.

»Was hast du damit gemacht?«

»Ich dachte, er ist dir zu klein. Du bist so gewachsen und man sieht alles, weil er dir doch zu eng geworden ist. Ich habe ihn aufgezogen. Ich will Ricki Strümpfe stricken.«

»So, du hast gedacht, ich brauche ihn nicht mehr! Willst du mir sagen, was ich jetzt anziehen soll?«

Außer dem Pullover besaß ich nur eine Bluse, die ich mir aus einem Hemd von Klaus zurechtgemacht hatte. Aber die hatte ich schon vier Tage lang angehabt, und sie war schmutzig.

»Ja, dann mußt du eben die Bluse wieder anziehen«, sagte meine Tante so gleichgültig, daß ich am liebsten geschrien hätte.

»Ich weiß, warum du es getan hast«, rief ich. »Ich weiß es genau. Es ist, weil ich deine Kette verkauft habe. Du wolltest dich rächen. Du weißt, daß der Pullover außer der Bluse das einzige war, was ich anzuziehen hatte. Du kannst auch gar nicht stricken. Die Wolle wird herumliegen, ohne daß wir etwas damit anfangen können.«

»Wie sprichst du denn mit mir?« Meinte Tante schnaufte. Ihre dicke Brust quoll fast aus ihrem Kleid. Sie preßte ihre Hände gegen ihr Herz.

»Ich tue alles für euch. Ich opfere mich für euch. Wo ist der Dank? Unfreundliche Worte bekomme ich, jedes Stück Brot wird mir mißgönnt. Ich bin euch eine Last.«

»Hör doch auf«, sagte ich. »Bitte, ich kann es nicht mehr hören.«

»So, auch noch nicht einmal anhören willst du mich. Das Wort verbietest du mir. Und dabei hast du mich bestohlen! Ich habe geschwiegen. Ich habe nichts gesagt. Ich habe stillschweigend ertragen, daß mich meine eigene Nichte bestiehlt. Aber das erkennt niemand an.« Meine Tante torkelte zum Bett. Sie fiel schnaufend und keuchend darauf. Ich sah sie an, ich wollte zu ihr gehen. Aber dann hielt ich es nicht mehr aus. Ich lief aus dem Zimmer. Ricki kam aus dem Garten. Er rannte hinter mir her. Aber ich lief davon, die Straße hinunter, stolperte, lief weiter.

»Baby!« rief John, und ich blieb stehen. Er hielt mich am Arm fest. »Baby, what's the matter with you? Say?«

»John«, sagte ich, »John!«

Er nahm mich bei der Hand. Er zwang mich, langsam zu gehen.

»Laß uns in den Hofgarten gehen«, sagte ich.

Wir setzten uns dort auf eine Bank.

»Was war denn los mit dir?« fragte er.

»Nichts«, sagte ich. »Wirklich nichts. Ich habe mich nur geärgert.«

Er zog eine Tafel Schokolade aus seiner Segeltuchtasche.

Ich pellte das Stanniolpapier ab, biß hinein, aber ich konnte nicht schlucken.

John legte den Arm um meine Schultern, und wir saßen eine lange Zeit so da, ohne zu sprechen. Er roch nach Tabak und ein bißchen nach Soldat und nach Lux-Seife, die ich immer von ihm bekommen hatte, als er noch in unserer Straße einquartiert war.

»Wie kommst du hierher?« fragte ich.

»Ich bin auf der Durchfahrt. Ich wollte einmal sehen, wie es dir geht. Bevor ich nach Hause fahre.«

Ich spürte, daß er mich ansah.

»Und was machst du?« fragte er.

»Was soll ich schon machen?«

»Du bist groß geworden.«

»Das weiß ich. Alle Leute sagen das.«

»Deine Tante ist immer noch bei euch?«

»Ja. Sie sorgt noch immer für uns.«

»Hast du schon von deinem Vater gehört?«

»Nein. Klaus glaubt, daß er tot ist.«

John streichelte mein Haar.

»Ich habe dir etwas mitgebracht«, sagte er. »Was in der Tasche ist, gehört dir.«

»Danke.«

»Gehst du in die Schule?« fragte er.

»Nein, was soll ich da?«

»Es wäre besser, du würdest es tun. Es wäre besser, damit alles wieder normal wird«, sagte John.

»Das sagen die Erwachsenen alle. Aber was ich wissen muß, das weiß ich.«

»Bist du sicher?«

Ich schüttelte Johns Arm ab.

»Natürlich«, erwiderte ich. »Ich weiß, wie man Sachen eintauscht, maggelt und kungelt. Ich weiß, wo und wie man was zu essen bekommt. Das ist das Wichtigste. Klaus sagt immer, man muß nur wissen, wie man sich eine Scheibe vom Leben abschneiden kann.«

»Ja«, sagte John. »Wahrscheinlich ist das das Wichtigste. Und was macht Ricki?«

»Er ist auch groß geworden. Ich glaube, er ist sogar erwachsen geworden. Er redet, als wenn er zehn oder elf wäre.«

»Und wie alt bist du jetzt?«

»Ich werde vierzehn.«

Er legte wieder den Arm um meine Schultern. Ich fühlte ihn schwer in meinem Nacken.

»Wie alt bist du eigentlich?« fragte ich.

»Einundzwanzig.«

Er strich über mein Haar. »Du mußt daran glauben, daß alles

wieder besser wird. Es ist soviel Unrecht geschehen, in den letzten Jahren. Aber es wird jetzt besser werden.«

»Sie haben Juden erschossen und nachher SA-Leute«, sagte ich. »Ich habe es gesehen. Und immer noch werden Leute erschossen.«

»Ja – sie haben Juden erschossen«, wiederholte John. Und gleich darauf: »Was macht Klaus?«

»Ach, mal dies und mal das. Im Augenblick arbeitet er auf einer Baustelle in der Stadt. Aber sie bezahlen zu schlecht. Er wird dort bald aufhören. Man braucht ja nicht unbedingt zu arbeiten, um Geld zu verdienen.«

Ich spürte wieder, daß John mich ansah.

Nach einer Weile sagte er: »Es wird sicher bald besser werden. Ich glaube es ganz bestimmt. Du wirst sehen, so wie es jetzt ist, kann es nicht mehr lange bleiben.«

»Ja – hast du vielleicht ein paar Zigaretten für mich?« fragte ich.

Es dauerte eine Weile, bis John antwortete.

»Rauchst du?« fragte er dann.

»Nein, aber Zigaretten und Kaffee sind das einzige, womit man wirklich etwas anfangen kann.«

Er zog vier Päckchen Camel aus seinen Jackentaschen.

»Das ist alles, was ich bei mir habe . . .«, und es klang, als entschuldige er sich dafür.

»Danke«, sagte ich. »Du bist sehr nett.«

Wir saßen noch eine Weile auf der Bank. Die Bäume warfen längere Schatten. Die Rasenfläche in der Mitte sah aus, als habe jemand ein schwarzes Scherengitter darüber gelegt.

John sah auf seine Uhr. Es war halb sechs. »Ich muß gehen«, sagte er. »In zwanzig Minuten fährt mein Zug.«

»Ich bringe dich zum Bahnhof.«

»Mußt du nicht nach Hause?«

»Nein.«

Ich ging neben ihm her. Einmal faßte er nach meiner Hand und drückte sie. Aber er ließ sie schnell wieder los.

Auf dem Bahnsteig stand ein rotglänzender Triebwagen. Hinter den hellerleuchteten Fensterscheiben blitzten Rangabzeichen auf Khakischultern.

Wir gingen auf und ab.

»Was glaubst du, was die Leute denken, wenn du so mit mir hier auf und ab gehst?« fragte ich.

Er sah mich verständnislos an. Und dann sagte er: »Damned, you changed a lot.« Ich hatte John noch nie vorher fluchen hören.

Die Zugmaschine des Triebwagens begann zu surren.

»Du mußt einsteigen«, sagte ich.

Er blickte wieder auf seine Uhr. Dann band er sie ab und drückte sie mir in die Hand.

Er preßte meine Finger darüber zusammen.

Seine Augen waren sehr hell in seinem Gesicht. Er beugte sich vor und küßte mich.

Als ich die Augen wieder aufmachte, stand er schon auf dem Trittbrett.

»Be a good girl«, sagte er so leise, daß ich es kaum verstand.

Ich nickte ihm zu, nahm die Tasche auf, die er neben mir hatte stehenlassen und wandte mich um.

»Don't forget it«, rief er mir nach.

Ich sah noch einmal zurück, ehe ich den Bahnsteig verließ. Von Johns Zug waren nur noch die roten Rücklichter zu sehen.

»Nein, John, ich vergesse nichts«, sagte ich leise. »Nichts, gar nichts.«

Als ich den Inhalt von Johns Tasche untersuchte, wußte ich, daß wir für mindestens zwei Wochen zu essen haben würden.

49

»Du kannst sie nicht fortgeben«, sagte Klaus. »John hat dir die Uhr bestimmt nicht geschenkt, damit du sie verscheuerst.«

»Ach was«, erwiderte ich. »Du siehst selbst, daß wir mit den Sachen, die er mitgebracht hat, nur zwei Wochen ausgekommen sind, obwohl wir schon die Zigaretten eingetauscht haben. Und die Uhr ist jetzt noch das einzige, was wir eintauschen können.«

»Was man geschenkt bekommt, soll man nicht verkaufen«, sagte Tante Emmy. »Ich verstehe euch nicht mehr. Zu meiner Zeit wäre uns so etwas nie in den Sinn gekommen.«

Ich sah Klaus an. Er zuckte mit den Schultern. »Ja, ich meine ja auch . . .«

»John hat bestimmt nichts dagegen, wenn ich Lebensmittel

dafür eintausche. Der Arzt hat gesagt, Ricki muß Eier essen – und woher willst du sie nehmen?«

Klaus stand auf und ging zum Bett, wo Ricki schlief. Seitdem Ricki krank war, durfte er endlich einmal in dem schönen Bett von Tante Emmy liegen. Tante Emmy schlief jetzt in unserem Bett, und wir wechselten uns im Lehnstuhl und auf dem Sofa ab.

Ricki hatte rote Flecken auf den Wangen. Unter seinen Augen waren dunkle Ringe. Sein Haar klebte naß an seiner Stirn.

»Er hat Fieber«, sagte Klaus. »Wenn wir es doch nur einmal messen könnten.«

»Der Arzt wollte noch einmal vorbeikommen.«

»Kinder haben leicht schon mal Fieber«, sagte Tante Emmy.

»Ja«, antwortete ich. »Aber nur, wenn sie eine richtige Krankheit haben. Scharlach oder so. Bei Ricki weiß man ja noch nicht, was es ist.«

»Es ist furchtbar«, jammerte Tante Emmy. »Es ist entsetzlich.«

Sie rang die Hände zu dem vergitterten Fenster empor.

»Ich gehe zur Apotheke«, sagte ich, »das Rezept einlösen.«

Klaus nickte. Er streichelte Rickis Stirn und legte ihm einen nassen Umschlag auf.

50

In der Apotheke saß der alte Mann mit dem hohen steifen Kragen hinter dem Kassenpult.

Sein Kopf nickte auf seinem mageren Hals. Er hatte die Augen geschlossen.

»Guten Abend«, rief ich.

Der Mann nickte weiter mit dem Kopf. Seine Augen blieben zu.

Ich legte das Rezept auf die Glastheke. In dem schwachen Licht, das von der Birne über der Tür zum Hinterzimmer kam, blinkten weiße Porzellanflaschen. In dem Regal hinter der Theke standen in einem Holzgestell drei Fieberthermometer und eine Flasche Alkohol. Weiter rechts lagen Schachteln mit Verbandszeug und zwei Gummischläuche.

Der Mann nickte noch immer mit seinem Schildkrötenkopf.

Ich glitt in die Hocke und bewegte mich so leise wie möglich an der Theke entlang, um sie herum, auf die andere Seite. Der Mann schlief. Im Hinterzimmer schrillte plötzlich eine Klingel. Sie gellte einmal, dann noch einmal und noch einmal. Der Mann schlief. Die Klingel schwieg. Ich war hinter der Theke, richtete mich auf, griff nach den drei Thermometern, nach den Gummischläuchen und der Flasche Alkohol.

Ich stopfte alles in meine Jacke, und dann stand ich wieder vor der Theke.

Ich beugte mich zu dem alten Mann vor.

»Hallo«, rief ich. »Wachen Sie doch auf!« Ich schüttelte ihn an der Schulter.

»Ja, bitte, ja«, er riß die Augen auf, blinzelte, kam hinter dem Pult hervor, rieb sich die Hände als friere ihn.

Er nahm ohne ein weiteres Wort das Rezept, blinzelte wieder, als er es las, ging ins Hinterzimmer und rumorte dort herum.

Ich nahm in der Zeit noch eine Rolle Verbandszeug.

Der Mann kam zurück und gab mir eine Flasche mit einer dunkelbraunen Flüssigkeit. »Alle drei Stunden ein Teelöffel«, sagte er.

»Danke.« Ich schob ihm das Geld zu.

»Hast du lange gewartet?« fragte er.

»Nein, nein.«

»Ja, so ist's halt, wenn man alt wird, es geht nimmer so recht.«

»Natürlich«, sagte ich. »Vor allem in der heutigen Zeit. Man ist doch immer so schlapp, selbst mir geht es schon so.«

»Du bist ein verständiges Mädchen«, nickte der Mann. »Ein verständiges Mädchen.«

Er lächelte mir freundlich zu.

»Ich danke auch schön.« Ich knickste und ging.

»Der Apotheker war so nett«, sagte ich, als ich nach Hause kam. »Als ich ihm erzählte, daß wir kein Fieberthermometer haben, gab er mir eins.«

»Aber er gab dir nicht drei und bestimmt nicht die Flasche Alkohol und auch nicht den Gummischlauch«, sagte Klaus später, als meine Tnate schlief.

»Manche Leute sind eben sehr nett«, erwiderte ich. »Mit dem

Gummischlauch können wir endlich den Gaskocher anschließen. Und die Thermometer werden wir schon auf dem Land los. Die Bauern nehmen doch alles.«

Ich legte meine Hand mit Johns Uhr an mein Gesicht, als ich einschlief.

51

»Na ja, dann fahr mit!« Klaus wickelte die Fieberthermometer vorsichtig in einen Lappen und steckte sie in seine hintere Hosentasche.

»Da gehen sie doch bestimmt kaputt, wenn du dich hinsetzt«, sagte ich.

»Du wirst ja sehen, ob wir einen Sitzplatz kriegen. – Und nimm deinen Mantel. Auf dem Zug zieht es sehr.«

Draußen schien die Sonne, und es war sehr warm.

»Ich schwitze jetzt schon«, sagte ich.

»Tu doch endlich, was ich will und komm. Sonst verpassen wir noch den Zug. Dann können wir sehen, wie wir nach Hersel kommen.«

Ich war noch nie mit Klaus zum Hamstern gefahren. Er hatte stets gesagt, es sei zu gefährlich.

Als wir zum Bahnhof kamen, stand der Zug schon da, aber man konnte von den Wagen nur die Dächer sehen. Die Leute klammerten sich an Türen- und Fenstergriffe, standen zusammengepfercht auf den Trittbrettern, hingen wie Trauben auf den Perrons. »Stoßen Sie doch nicht so«, schrie eine Frau, die auf einem Puffer zwischen zwei Wagen saß. Man konnte ihre Beine bis über die Knie sehen. Ihre Strümpe waren zerrissen. Der Mann, der sie gestoßen hatte, schubste sie wieder. Die Frau schrie, als sie herunterfiel. Niemand half ihr beim Aufstehen. Jetzt hatten ihre Strümpfe noch mehr Löcher. Die Frau weinte, sie humpelte über den Bahnsteig. Es sah aus, als ginge sie durch eine Knüppelgasse, wie wir sie als Kinder im Spiel gebildet hatten, so viel Püffe bekam sie.

»Glotz nicht, komm lieber.« Klaus zerrte mich auf ein Trittbrett. Ich mußte meine Hände übereinander auf den Türgriff legen. Ich weiß nicht, wieviel Hände sonst noch daranhingen. Ich konnte auch nur auf einem Bein stehen, das andere mußte ich gegen die Wand stemmen.

»Stehst du gut?« fragte mein Bruder.

Ich war eingepfercht zwischen ihm und der Wagenwand. »Na, es geht.«

Aber er verstand mich nicht in dem tosenden Lärm. Schreie, Rufe, Gekreisch, Zischen der Lokomotive, dann endlich ruckte der Zug an.

Der Fahrtwind preßte mich gegen die Wagenwand, trieb mir den Staub in die Augen, daß sie überliefen.

»Es sind ja nur vier Stationen«, schrie Klaus in mein Ohr.

An jeder Station hingen sich neue Menschen an die Wagen. Einmal stieß jemand mit einem Holzkoffer gegen meinen Kopf. Aber ich merkte gar nicht erst, daß es weh tat.

Als der Zug in Hersel hielt, zog eine lange graue Prozession in das Dorf.

Die Fenster der Häuser waren alle verschlossen. Vor manchen blühten in grünen Kästen Blumen. Zwei Hunde schnupperten über die Straße. Kinder kamen aus Seitengassen und rannten johlend neben uns her. Dann löste sich der Zug auf.

52

Der Bäcker war ein runder Mann. Er lachte meinen Bruder an. Seine Augen verschwanden hinter seinen roten Backen.

»Na, wie geht's denn in der Stadt? Hast du den Tee mitgebracht, Klaus?« Der Bäcker rieb sich die Hände.

»Ja. Aber wissen Sie, es ist schwer, Tee zu beschaffen. Fünfzig Gramm hab' ich gekriegt.« Klaus zog den kleinen Papiersack aus der Tasche.

Der Bäcker riß das Papier auf und schnüffelte. »Schlechte Sorte, sehr schlechte Sorte ...«

Auf der Stellage hinter ihm stand ein breites Blech mit Apfelkuchen. Darüber summten Bienen.

»Wir haben morgen Kommunion«, sagte der Bäcker. »Meine jüngste Tochter geht mit zur Kommunion.« Er wiegte den Kopf hin und her. Seine Backen und seine Stirn legten sich in fleischige Falten. »Ich hab' nie gedacht, daß ich meinem Kind mal nur eine solch ärmliche Kommunion ausrichten könnt'.«

»Na«, er fuhr sich mit der Hand übers Gesicht. »Dann kommt mal mit.« Wir gingen in das Zimmer hinter dem Laden. Da stand ein Blech mit Streußelkuchen, der schon in handtellergroße Stücke geschnitten war.

»Tja, dann wollen wir mal sehen«, sagte der Bäcker. »Setzt euch doch.«

In dem Zimmer roch es nach Zucker und Butter.

»Marie! Marie!« rief er.

Seine Frau kam aus der Küche. Ihre Hände glänzten fettig. Sie wischte sie an der Schürze ab.

»Ach, der Klaus Thoma – nun, wie geht's denn in der Stadt? Und das ist die Schwester?«

»Er hat Tee mitgebracht«, sagte der Bäcker. »Aber nur fünfzig Gramm. Was meinste, Marie, was wir ihm dafür geben könnten?«

»Ja, ich weiß auch net«, sagte die Marie, seine Frau.

Der Bäcker sah uns an. »Meine Frau, die Marie muß das nämlich am besten wissen.«

»Ich glaub', ein Brot ging schon, und vielleicht noch zwei Eier«, sagte seine Frau.

»Es müßten schon vier Eier sein«, antwortete Klaus, »und vielleicht noch ein Pfund Mehl?«

»Na, na!« Der Bäcker schüttelte den Kopf. »Das ist aber ein bißchen viel. Meinst du nicht, Marie?«

»Ich hab' auch nur noch zwei Eier übrig«, sagte seine Frau. »Und mit dem Mehl, nun ja, das ging schon, was meinst du, Mann?«

»Dann aber zwei Pfund Mehl«, sagte mein Bruder.

Der Bäcker zog ein ernstes Gesicht. »Es wird immer mehr verlangt . . .«

»Sie wissen doch, was Tee heute auf dem schwarzen Markt wert ist, oder nicht?« fragte ich.

Die Frau sah mich mit großen Augen an. »Na so was! Die Kleine ist doch erst so alt wie unsere Sofie und redet schon vom schwarzen Markt?«

»Das macht die Stadt, Frau«, brummte der Bäcker.

»Was bekommen wir denn nun?« fragte Klaus. »Ein Brot, zwei Pfund Mehl und zwei Eier?«

»Nu ja«, der Bäcker blinzelte. »Weil ihr es seid. Man soll ja auch Gutes tun, nicht Marie?«

»Könnte ich vielleicht ein Glas Wasser bekommen?« fragte ich.

»Zeig's ihr im Hof, Marie.«

Die Frau Marie ging mit mir hinaus. Auf dem Hof neben der großen, weißbestaubten Tür war der Wasserhahn. Ich ließ ihn ablaufen und hielt dann den Mund darunter. Ich sah durch die Scheiben der weißbestaubten Tür in die Backstube.

Die Bäckerin stand hinter mir. »Ist's noch immer so schlimm mit dem Rausfahren nach hier?« fragte sie.

Ich setzte mich auf einen Stein neben dem Wasserhahn und zog die Schuhe aus. »Schrecklich!« antwortete ich. »Mir ist noch ganz schlecht davon.«

»Trink noch was Wasser«, sagte die Bäckerin. »Das kühlt dich ab.« Und sie hatte die gleichen Augen wie meine Tante.

Ich trank noch von dem Wasser, das nach Metall schmeckte.

»Ganz verschwitzt siehst du aus, und solch einen dicken Mantel hast' an.«

»Draußen auf dem Zug ist es kalt.«

Im Haus pfiff ein Wasserkessel.

»Ich komm' gleich wieder.« Die Bäckerin lief ins Haus.

Auf dem langen, schmalen Tisch in der Backstube lagen nebeneinander runde, braune Brote. Ich konnte sehen, daß sie mit Zucker bestreut waren. Die Backstube und der Hof waren leer. Mir war warm. Ich knöpfte den Mantel auf. Ich war froh, daß ich die Taschen in das Futter genäht hatte.

Aus dem Haus hörte ich die Stimme der Bäckerin. Sie schimpfte. Ein Kind greinte.

Ich stieß die Tür zur Backstube einen Spalt auf. Es waren nur zwei Schritte bis zu dem langen Tisch. Ich griff nach dem ersten Brot und schob es in die linke Futtertasche. Dann nahm ich das zweite und auch noch eine Tüte, die daneben lag. Dann setzte ich mich wieder neben den Wasserhahn auf den Stein.

Man konnte nichts sehen. Der Mantel war mir zu weit.

Nach einer Weile kam die Bäckerin wieder aus dem Haus. Sie brachte mir ein Marmeladenbrot mit. Ich biß hinein und fing an zu weinen.

»Warum weinst du denn?« fragte sie erschrocken.

»Sie sind so nett zu mir«, schluchzte ich, »und ich hab' doch keine Mutter mehr und keinen Vater, und wir sind doch ganz allein. Zu Hause wartet mein kleiner Bruder, und der hat nichts zu essen, und ich sitze hier und esse Marmelade auf dem Brot und vielleicht weint mein kleiner Bruder gerade jetzt, weil er doch so Hunger hat.«

»Nu, nu . . .« Die Bäckerin schüttelte ihren Kopf.

»Ja, es ist doch so«, weinte ich. »Sie sind so nett zu mir und sonst ist niemand nett.«

Ich konnte sehen, daß ich der Bäckerin leid tat.

»Warte mal hier.« Sie legte den Finger auf den Mund. »Ich gebe dir noch etwas mit.«

Sie lief wieder ins Haus.

Als sie zurückkam, gab sie mir eine Tüte. Ich konnte fühlen, daß ein Glas darin war und etwas Weiches, das ich mit dem Finger eindrücken konnte.

»'s ist ein Glas Gelee«, sagte die Bäckerin, »und ein Viertel Schmalz. Nimm's mit für deinen Bruder.«

Ich hörte auf zu weinen und machte ein strahlendes Gesicht. »Ich dank' Ihnen auch schön«, rief ich. »So nett ist noch niemand zu mir gewesen.«

Ich wollte vor Rührung wieder zu weinen anfangen.

»Nu, nu, jetzt ist's aber gut«, sagte die Bäckerin. »Mein Mann darf's nicht wissen. Er versteht's nicht.«

Ich ging nicht mehr ins Haus. Ich wartete draußen auf der Straße auf Klaus.

Als er kam, war er auch noch ein Fieberthermometer losgeworden. Er hatte ein Stück Speck und eine Blutwurst dafür gekriegt.

»Ich habe auch etwas bekommen«, sagte ich. »Zwei Brote, eine Tüte Zucker, Schmalz und ein Glas Marmelade.«

»Hat die Frau es dir gegeben?« fragte mein Bruder.

»Ja, natürlich. Was glaubst du denn? Ich tat ihr so leid, weil wir doch keine Eltern mehr haben, und Ricki zu Hause sitzt und Hunger hat.«

Mein Burder grinste. Aber er war sofort wieder ernst.

»Hoffentlich kriegen wir alles durch«, sagte er. »Die Polente paßt auf wie die Schießhunde.«

Wir mußten bis neun Uhr abends warten, dann kam endlich der Zug. Diesmal war er nicht so voll.

Wir konnten sogar in einem Wagendurchgang stehen. Vor uns hockte eine Frau auf einem Koffer. Sie hatte ein spitzes, graues Gesicht, aber ihr Körper war sehr dick.

»Die macht auch den Manteltrick«, flüsterte mein Bruder.

»Das ist noch das beste, was man tun kann.«

Auf dem Güterbahnhof kamen die Polizisten in den Waggon. Sie leuchteten uns mit riesigen Taschenlampen an.

Die Frau mit dem spitzen Gesicht mußte ihren Mantel ausziehen. In diesem Augenblick warf mein Bruder unsere Tasche auf das hintere, dunkle Gleis. Der Polizist fuhr herum. »Was habt ihr da . . .« Seine Taschenlampe blendete mich.

»Der Mann, der Mann da . . .«, schrie ich und versuchte zum Ausgang zu drängen. »Er hat meine Tasche gestohlen, da, da läuft er . . .«

»Wo?« Der Polizist stieß mich zur Seite, sprang aus dem Wagen, die Leute schimpften, schrien, aber mein Bruder riß schon die Tür zum hinteren Gleis auf. Wir sprangen hinunter, fanden unsere Tasche, liefen über die Gleise. Ein Hund kläffte. Ein Polizist schrie hinter uns her. Einen Augenblick lang waren wir im Bannkreis seiner Taschenlampe, dann im Dunkel, hinter einem Güterwagen, schließlich am Zaun und auf der Straße.

»Mensch, haben wir Glück gehabt«, keuchte mein Bruder.

»Ja«, antwortete ich. »Noch nicht einmal das Marmeladenglas ist kaputtgegangen.«

53

Klaus gab mir den Brief.

Ich drehte ihn um. »Grundschule St. Nikolaus«, stand als Absender darauf.

»Sie drohen mit einer Anzeige bei der Fürsorge«, sagte mein Bruder.

Ich las den Brief. Er war vom Direktor der Schule unterzeichnet.

»Na und?« fragte ich. »Die können mich doch nicht zwingen, in die Schule zu gehen!«

»Doch«, erwiderte Klaus, »solange du nicht die Grundschuljahre hinter dir hast.«

»Aber was soll das? Ich habe keine Lust hinzugehen!«

»Die machen ein großes Theater, du siehst ja, es fängt schon an!«

»Ach, die sollen einen doch in Ruhe lassen!«

»Die hetzen uns erst einmal die Fürsorge auf den Hals, und wer weiß, wen noch«, sagte mein Bruder.

»Na ja, ich gehe eben ein paarmal hin, und dann schreibst du mir ein Entschuldigung, daß ich krank bin.«

»Darauf fallen die doch nicht mehr herein.«

Ich beobachtete den Hund, der auf der anderen Straßenseite in den Trümmern herumstöberte. Er hatte ein weiches, glattes, kurzhaariges Fell. Er hatte hohe Beine und einen kleinen Kopf mit spitzen Ohren. Auf seinem rechten Auge saß ein schwarzer Fleck. Ich hatte schon einige Male versucht, ihn zu locken, aber er lief stets davon.

»Versprich mir, daß du morgen in die Schule gehst«, sagte mein Bruder.

Ich wußte nicht, warum er es unbedingt wollte, aber es war mir egal. »Na ja, ich gehe schon«, erwiderte ich.

Der Hund stand mit lauschend gespitzten Ohren auf einem Mauervorsprung. Plötzlich knurrte er. Sein Bauch berührte den Boden, dann sprang er vor. Aber die Ratte war schneller als er. Ehe er sie schnappen konnte, war sie unter dem verkohlten Balken verschwunden.

»Den Hund müßten wir haben«, sagte ich.

»Wir hätten doch kein Fressen für ihn.«

»Wir hätten bestimmt mehr für ihn, als er so findet. Guck doch, er geht ja schon auf Rattenjagd.«

Der Hund strich, den Bauch immer noch dicht am Boden, über die Steine.

Mein Bruder pfiff leise durch die Zähne. Der Hund hob lauschend den Kopf. Seine Augen glänzten, als er zu uns herübersah.

»Er ist sehr hübsch«, sagte ich.

Mein Bruder pfiff wieder. Der Hund hatte noch immer die Ohren gespitzt.

»Pfeif noch einmal«, bat ich.

Diesmal machte der Hund ein paar Sprünge auf uns zu.

»Er kommt, lock ihn noch mal.«

Klaus pfiff wieder. Jetzt war der Hund auf dem Bürgersteig. Dann trabte er langsam über die Straße auf uns zu.

Er blieb dicht vor meinem Bruder stehen. Sein Schwanz stand kerzengerade hoch.

»Das ist ein englischer Terrier«, sagte mein Bruder.

Er streckte die Hand aus. »Komm, na, da komm doch«, lockte er den Hund.

Der Hund sah uns mit seinen glänzenden schwarzen Augen an. Er schnüffelte.

»Er ist so niedlich. Guck doch, wie groß seine Augen sind.«

»Geh, schau mal, ob wir was für ihn zu fressen haben«, sagte Klaus.

Ich lief ins Haus. Als ich wiederkam, stand der Hund schweifwedelnd vor meinem Bruder und ließ sich den Hals kraulen.

Ich hielt ihm das Brot hin. Er schnupperte. Dann hatte er die Brotkruste mit zwei hungrigen Happen aufgefressen.

»Schau nur, wie mager er ist.«

Klaus zog ihn am Fell zu sich heran. Er kraulte ihn hinter den Ohren. Der Hund stieß mit der Nase nach ihm und schnaufte.

»Wie er wohl heißen mag? Ob er jemandem gehört?«

»Ich glaub' nicht«, sagte mein Bruder.

»Wir behalten ihn, ja?« bat ich. Jetzt ließ sich der Hund auch von mir streicheln. »Er sieht klug aus. Wir nennen ihn Pfiffikus.«

Pfiffikus legte sich auf den Rücken und ließ sich den Bauch kraulen.

»Hoffentlich sagt die Tante nichts, wenn wir ihn behalten«, sagte Klaus.

»Aber Ricki wird sich freuen.«

Meine Tante war mit Ricki spazierengegangen. Ricki stürzte sich gleich mit Freudengeheul über Pfiffikus, der neben dem Ofen lag und schlief.

»Das ist aber ein niedlicher Hund«, rief Tante Emmy. »Wem gehört er denn?«

»Uns«, sagte ich. »Er ist uns zugelaufen.«

»Aber Kinder, einen Hund! Wo wir doch nur ein Zimmer haben?«

Pfiffikus lief zur Tante, machte Männchen und legte die Pfoten auf ihre Knie. Sie schob ihn ungeduldig fort.

»Er kann ja im Hof liegen«, sagte ich.

»Ricki hätte jemanden, mit dem er spielen kann«, sagte Klaus.

»Aber der Hund muß doch auch etwas zu fressen bekommen«, rief meine Tante. »Und wir haben selbst nicht genug.«

»So viel haben wir immer noch«, erwiderte Klaus. »Er war so hungrig, daß er schon auf Rattenjagd ging.«

»Nun ja, dann behaltet ihn.« Tante Emmy stand auf, setzte sich aber gleich wieder auf die Bettkante. Ächzend bückte sie sich, um ihre Schuhe auszuziehen.

»Wie mich das doch anstrengt! Nun ja, man ist nicht mehr die jüngste.« Sie streckte sich seufzend auf dem Bett aus.

»Vielleicht solltest du öfter mit Ricki spazierengehen«, sagte Klaus.

»Ach, ich bin so froh, wenn ich mich hier ausstrecken kann. Ihr glaubt ja nicht, wie mir dieses feuchte Wetter zu schaffen macht, mit meinem Herzen.«

»Unterwegs hast du aber gar nicht gestöhnt«, sagte Ricki. »Du bist so schnell gegangen, daß ich kaum mitkommen konnte.«

»Ich habe auch Kuchen gekriegt!« Ricki blickte uns stolz an.

»Kuchen? Wo gibt's denn Kuchen?« fragte Klaus verblüfft.

»Ja, wir waren doch in der Stadt, und da ist eine Konditorei, und da gibt's auf Brot- und Fettmarken Kuchen«, sagte Tante Emmy.

»Buttercremetorte war es«, rief Ricki. »Der Kuchen war grau, nicht so wie der Kuchen von John. Er war auch nicht sehr süß. Aber es war Kuchen.«

»Die Hauptsache, er hat dir geschmeckt«, sagte Klaus.

»Er war nicht schlecht«, nickte Ricki sachverständig.

»Woher hast du denn die Brot- und Fettmarken?« fragte ich die Tante.

»Ja, die habe ich über Monate gespart.« Tante Emmy wandte ihren Kopf unruhig zur Seite.

Wir waren plötzlich alle still. Pfiffikus winselte, weil ihn niemand mehr streichelte.

Die Tante blickte Klaus an, dann mich: »Jetzt macht doch nicht solche Gesichter. Ich komm' mir ja vor wie bei einem Verhör. Ich darf doch wohl noch mit Ricki von meinen Marken Kuchen essen!«

»Ich habe mich immer gewundert, wie schnell unsere Marken alle wurden«, sagte ich.

Die Tante schnaufte. »Sei du nur still!«

»Ich bin ja schon still.« Ich ging aus dem Zimmer.

54

Pfiffikus war sehr gelehrig. Es dauerte nicht lange, und er ging auf den Hinterbeinen, die Vorderpfoten an sein Schnäuzchen gelegt.

Er machte Männchen und holte den Stock, wenn wir riefen: »Pfiffi lauf!«

Wenn Klaus zu Hause war, lief er die ganze Zeit hinter ihm her. Setzte Klaus sich hin, legte er die Schnauze auf seinen Fuß. Ging Klaus ins Bett, legte er sich davor, den Kopf auf den Pfoten, die Augen weit geöffnet, schwarzglänzend, so leuchtend, daß ich sie selbst in der Dunkelheit sehen konnte.

Tagsüber spielte Ricki mit ihm im Garten, und abends, wenn Klaus da war, saßen wir vor dem Haus und ließen ihn die Kunststückchen machen, die wir ihm beigebracht hatten.

»Dieser gräßliche Köter«, schimpfte Fräulein Amman, wenn sie an uns vorbeikam, und es sah aus, als wolle sie den Hund anspucken. Aber sie war nur wütend, weil Pfiffi einmal ihren Hund gebissen hatte. Oma Lauscher freute sich stets, wenn ich mit Pfiffi zu ihr kam und er mit ihrer Katze spielte. Nur dann machte Oma Lauscher die Fensterläden auf, damit sie den Hund besser sehen konnte. So kam endlich einmal frische Luft in ihr Zimmer, und man konnte richtig atmen. Ich mußte dann von ihren muffigen Plätzchen essen, und manchmal, wenn sie von ihrer Tochter aus München, die da mit einem Amerikaner lebte, ein Paket bekam, gab sie Pfiffi einen Wurstzipfel und mir Schokolade oder Bonbons für Ricki.

Eines Tages kam ein Amerikaner vorbei, als Pfiffi gerade Männchen machte. Der Amerikaner blieb stehen. Sein Mund verzog sich vor Lachen vor einem Ohr bis zum anderen.

»What a swell dog!« rief er. Er hockte sich auf den Boden und hielt Pfiffi ein Stück Schokolade hin. Aber Pfiffi schnupperte nur. Er nahm es nicht. Das hatten wir ihm auch beigebracht, weil wir Angst hatten, daß er eines Tages von Fräulein Amman vergiftet werden könnte.

»I want to get him«, rief der Amerikaner. »What do you want for him?«

Pfiffi knurrte ihn an, als habe er ihn verstanden.

»Wir verkaufen ihn nicht«, antwortete ich.

»Du kannst ihn nicht haben«, sagte Ricki zu dem Amerikaner.

Rickis Gesicht wurde ganz hungrig, als der Amerikaner sagte: »I'll give you lots of chocolate.«

Ricki schüttelte den Kopf. »Geh weg«, stieß er hervor. »Du kannst ihn nicht haben. Ich will keine – keine Schokolade.«

Der Amerikaner lachte und schenkte Ricki eine Rolle Bonbons.

Am nächsten Tag gingen wir in die Straße, in der noch Amerikaner einquartiert waren.

Zuerst spielten wir nur mit Pfiffi, aber dann ließen wir ihn all seine Kunststücke machen, und bald stand ein ganzer Kreis von lachenden und johlenden Amerikanern um uns herum.

Als Pfiffi seine Kunststücke beendet hatte, ging Ricki mit aufgehaltener Hand im Kreis herum, so wie ich es ihm gesagt hatte.

Am nächsten Tag nahmen wir einen Teller mit, auf den die Amerikaner das legen konnten, was sie uns geben wollten. Wir hatten das bei dem Mann mit dem Leierkasten gesehen, der einen Affen an einer langen Kette bei sich hatte. Der Affe hüpfte mit dem Teller herum und sammelte Geld und Zigaretten von den Amerikanern ein. Aber dann spuckte er einem Amerikaner ins Gesicht. Der Ami wurde wütend, und der alte Mann konnte gar nicht mehr fortlaufen, ehe sie ihm seinen Leierkasten zerschlugen. Der Affe riß sich von seiner Kette los und turnte noch tagelang auf den Dächern herum.

»Ich verdiene aber viel«, freute sich Ricki und hielt mir jedesmal den gefüllten Teller hin.

»Du bist sehr brav«, sagte ich.

»Pfiffi aber auch«, und Ricki kraulte unseren Pfiffikus mit den großen Augen liebevoll am Hals.

»Wenn ich groß bin, werde ich ein Zirkusonkel, mit vielen, vielen Pferdchen und vielen Hunden und einem Löwen.« Er überlegte. ». . . und einen Elefanten muß ich auch haben.«

»Ja«, versprach ich. »Und du hast die Tiere in einem großen Zelt. Alle Leute klatschen, wenn du hereinkommst. Du hast einen feinen roten Anzug an, mit goldenen Knöpfen. Und die Leute sagen, jetzt kommt der Herr Direktor, seht nur, wie ihm die Tiere gehorchen, selbst der große Elefant.«

Ricki nickte ernsthaft.

»Du mußt den Tieren dann Essen kochen. Jeden Tag. Süße Suppe mit Pflaumen. Wenn die Tiere ganz brav sind, bekommen sie vom Direktor Ricki Schokolade.«

Ricki setzte sich auf die Steinstufen vor unserem Haus und zog Pfiffi auf seinen Schoß. »Meinst du, ich kann dann so viel Schokolade essen, wie ich will?«

»Ja, ganz bestimmt.«

»Meinst du, ich bin dann reich, und kann immer so viel essen, wie ich will?«

»Ja«, versprach ich. »Wenn du groß bist, ganz bestimmt.«

»Ich will schnell groß werden«, sagte Ricki. »Ich will so schnell wie möglich groß werden.«

Ich streichelte seinen Kopf. Seine Haare waren weich.

»Du wirst ganz schnell groß. Eines Tages wachst du auf und bist ein Mann, so wie Klaus.«

»Aber dann ist es nicht richtig«, murmelte Ricki. »Klaus ist ein Mann, und er kann doch nicht so viel essen wie er will. Er ißt sogar weniger als Ricki – manchmal.«

»Jetzt ist noch nicht die richtige Zeit«, sagte ich. »Aber wenn du groß bist, gibt es wieder alles.«

»Bist du dann auch groß?« fragte Ricki.

»Ja, dann bin ich auch groß.«

»Bist du dann eine Mutter – bist du dann meine Mutter?«

»Ja, dann bin ich deine Mutter.«

»Aber, das ist auch nicht richtig. Wenn ich groß bin, brauch ich keine Mutter. Dann bin ich selbst ein Vater.« Ricki nickte sehr ernsthaft und sehr traurig.

»Siehst du«, flüsterte er. »Es ist alles nicht richtig, weil Ricki jetzt keine Mutter hat.«

53

Es war noch dunkel, als ich aufstand. Der Mond hing als dünne, weiße Sichel im Fenster.

Ich zog mich schnell an. Ich fror. Der Ofen war über Nacht

ausgegangen. Die Tür quietschte, als ich sie hinter mir schloß. Im Flur war es noch dunkler. Ich tastete mich an der Wand entlang zur Hoftür.

Ich rutschte aus, als ich über den Hof ging. Es hatte gefroren, und Schnee war gefallen. Es glitzerte weiß unter den schwarzen Bäumen.

Ich wischte den Schnee von der Bank in der Mauernische, wo der Wind nicht hinkommen konnte.

Ich verkroch mich in meinen Mantel. Es war lautlos still. Nach einer Weile hielt ich die Uhr an mein Ohr. Aber sie tickte nicht. Ich hatte vergessen, sie aufzuziehen.

Ich strich mit den Fingern über das glatte Glas des Zifferblatts. Die Fassung schimmerte mattgolden.

Ich war herausgegangen, weil ich nicht mehr schlafen konnte, und jetzt wartete ich darauf, daß es hell wurde.

56

An diesem Morgen tauschte ich die Uhr gegen ein halbes Pfund Kaffee und vier Päckchen Zigaretten. Das war das höchste, was ich dafür erzielen konnte.

Mein Bruder Klaus sah auf mein leeres Handgelenk, als ich ihm die Sachen gab, aber er fragte nichts. Er tauschte die Zigaretten und den Kaffee ein, und an diesem Weihnachten hatten wir sogar einen Braten. Es war Pferdefleisch, und es schmeckte sehr gut.

Auf den Karten gab es eine Sonderration an Milchpulver und Rosinen, und meine Tante buk einen Kuchen. Zum Frühstück aßen wir an beiden Tagen Milchsuppe.

»Jetzt beginnt wieder ein neues Jahr«, sagte meine Tante am Silvesterabend. Sie zündete die Kerzen am Adventskranz an.

Mein Bruder legte noch etwas Holz auf den Ofen. Ricki spielte mit der Holzeisenbahn, die Klaus ihm geschenkt hatte. Pfiffi sprang um ihn herum und bellte.

Ich saß am Tisch und sah zu, wie die Tante ihre Karten legte.

»Hoffentlich wird es ein besseres Jahr«, murmelte meine Tante. »Es muß doch endlich besser werden.«

»Zwei Jahre leben wir nun schon so, und es hat sich nichts geändert«, sagte mein Bruder Klaus.

»Jaja, und es ist sogar schlimmer geworden – aber einmal muß es doch ein Ende haben.«

»Bis jetzt ist es uns noch nicht so schlecht gegangen. Es gibt bestimmt Leute, denen es schlechter geht«, sagte ich. »Ich habe heute morgen ein Mädchen gesehen, das hatte noch nicht einmal Strümpfe an. Nur dünne Pantoffel. Damit lief es durch den Schnee.«

Mein Bruder guckte auf meine Füße. Ich trug nur ein paar alte Socken von ihm.

»Na ja, aber so richtig Hunger haben wir doch eigentlich nie gehabt.«

Fräulein Amman steckte ihre spitze Nase zur Tür herein.

»Nein, o nein, ich will nicht stören. Aber, ich vergaß, da war ein Brief für Sie.« Ihre Blicke liefen schnell durch den Raum. Ricki hielt Pfiffi krampfhaft fest, weil er knurrte.

»Ich wünsche auch ein frohes Neujahr«, sagte Fräulein Amman und gab Tante den Brief. Dann war sie so lautlos verschwunden wie sie gekommen war.

Wir sahen die Tante an. Sie hatte plötzlich ein blaues Gesicht. Sie japste nach Luft, daß wir es alle hören konnnten.

»Ein Brief, eine englische Freimarke.« Sie starrte uns der Reihe nach an.

»Mach ihn doch auf.«

»Ja, mach ihn doch auf!«

Meine Tante zitterte. Ihr großer Kopf wackelte hin und her.

»Aus England, aus England«, japste sie. Dann riß sie den Umschlag auf.

Sie fiel vornüber auf den Tisch.

»Hugo, mein Hugo, mein Hugo!«

»Was ist denn, Tante?« fragte Klaus. Wir sahen uns verständnislos an.

»Ja, er lebt, sehr ihr denn nicht, er lebt!«

»Onkel Hugo lebt«, sagte mein Bruder.

»Er ist gesund, hier, er schreibt, ›ich bin gesund, mir geht es gut, Grüße Hugo‹.«

Meine Tante lachte und weinte. Jetzt war ihr Gesicht rot. An ihrem Hals pochte die dicke Ader. Ich hatte Angst, daß sie einen Schlag bekommen würde.

Klaus führte sie zum Bett. Ich half ihr, sich auszuziehen.

Dann lag sie da, keuchte und weinte. Sie weinte so lange, daß ich glaubte, sie würde nie mehr damit aufhören.

56

»Es hat alles keinen Zweck.« Klaus schüttelte den Kopf.

Von der Straße kam das Kreischen der Schaufeln, mit denen der Schnee vom Pflaster geschippt wurde.

»In ein paar Wochen fangen sie mit dem Bau der Brücke an. Die bezahlen auch gut. Außerdem bekommt man Zulagekarten. Aber sie nehmen mich nicht.«

»Und warum nicht?«

»Ich hab' einen Schatten auf der Lunge«, sagte mein großer Bruder. »Das hat der Arzt festgestellt. Ich kann keine schwere Arbeit machen.«

»Aber was sollen wir denn tun?«

»Das fragst du mich, ich weiß es doch nicht!« Klaus schlug wütend mit der flachen Hand auf die Bank in unserer Mauerecke.

»Ich kann als Lehrling bei einem Installateur anfangen. Aber von dem, was ich da im Monat verdiene, können wir gerade eine Woche lang leben und die Miete bezahlen.«

»Wir kriegen doch auch Geld von der Wohlfahrt.«

Mein Bruder lachte. »Weißt du, wieviel das ist?«

Ich wußte, wieviel es war. Ich hatte es oft genug abgeholt.

»Aber die Tante, die hat doch Geld«, sagte ich.

»Ich habe sie schon gefragt«, erwiderte mein Bruder.

»Na und, was hat sie gesagt?«

»Sie hat kein Geld.«

»Ich hab's doch gesehen«, sagte ich. »Sie hat eine Brieftasche, und da ist auch etwas drin. Und sie kann nicht verlangen, daß sie von unserem Geld lebt.«

»Jetzt, wo Onkel Hugo wiederkommt, geht sie erst recht nicht an das Geld.«

»Das ist doch Blödsinn«, sagte ich.

»Sag ihr das mal, vielleicht hilft es.«

»Jetzt reg dich doch nicht so auf«, bat ich.

»Wir haben aber auch nichts, gar nichts mehr, was wir verkungeln könnten«, rief mein Bruder.

»Ich habe noch ein Parteiabzeichen.«

Klaus machte eine Bewegung mit der Hand, als werfe er das Abzeichen in hohem Bogen fort. »So was haben die Amis im Anfang noch genommen. Heute wollen sie bessere Sachen. Porzellan, gutes natürlich. Silberbesteck, Fotoapparate – da sind sie scharf drauf.«

»Klaus . . .«

»Ich weiß nicht mehr, was wir tun sollen«, stieß er hervor.

Ich versuchte, die Brieftasche von der Tante zu kriegen, aber es gelang mir nicht. Seitdem ich den Topas genommen hatte, paßte sie scharf auf ihre Sachen auf.

58

Wir lagen auf der Wiese hinter dem Bunker am Fluß.

Das Wasser strömte träge und gelb vorbei.

Die Sonne schien mit spitzen Strahlen durch die Dunstschicht, die den Himmel bedeckte. In der Mitte des Flusses stampfte ein Kahn flußaufwärts.

»Wir reden nur über Geld, über Essen und wie wir darankommen können«, sagte ich. »Ob alle Menschen nur darüber sprechen?«

»Ich glaube schon.« Klaus rollte herum und lag jetzt auf dem Rücken. Er blinzelte in die Sonne. »Ich wünschte, wir könnten irgendwo an so viel Geld kommen, daß wir uns wenigstens ein paar Monate keine Sorgen zu machen brauchten.«

»So wie damals mit dem Kaffee von den Amis. Damit sind wir doch lange ausgekommen. Weißt du noch?«

»Sicher. Ich wünschte nur, wir hätten Ricki nicht mit hineingezogen«, sagte mein großer Bruder.

»Ich glaube, er hat gar nicht gemerkt, was wir getan haben«, erwiderte ich. »Außerdem hat die Schokolade ihn dafür entschädigt.«

Klaus richtete sich seufzend auf. Er kratzte sich am Kopf. »Komm, wir gehen mal nach Hause.«

»Jetzt schon?« – Es war so schön, in der heißen Sonne zu liegen. Ich zog widerwillig mein Kleid an.

Ricki kam uns schon auf der Straße entgegengelaufen. »Der

Mann, der Onkel ist da«, japste er. »Er hat viel mitgebracht, Zucker, und Kuchen, und Schokolade für Ricki!«

Klaus und ich sahen uns an. Einen Augenblick lang dachte ich: Vater, er ist zurückgekommen.

»Der Onkel Hugo«, rief Ricki. »Der ist dick! Der hat so viel mitgebracht!«

»Onkel Hugo«, sagte ich.

Mein Bruder klopfte meine Schulter. »Na, komm schon . . .«

Tante Emmy lag auf dem Bett und weinte. Onkel Hugo saß neben ihr und streichelte ihren Arm.

»Ach, da kommen ja die Kinder«, sagte er.

Er nahm uns in die Arme und küßte uns auf beide Backen.

59

Der Mond stand dick und gelb und rund zwischen dem Gitter des Fensters. Die Zweige der Sträucher schlugen leise tackend gegen die Scheibe.

»Hugo«, flüsterte Tante Emmy.

»Ja?« Onkel Hugo hustete unterdrückt.

Ich schob die Decke von meinem Ohr herunter.

»Hugo, was soll denn nun werden?«

»Mußt du mich deshalb wecken?« fragte Onkel Hugo.

»Sprich nicht so laut, sonst werden sie wach«, zischte Tante Emmy.

Onkel Hugo seufzte. »Was willst du denn?«

»Was soll denn jetzt mit den Kindern werden, Hugo?«

»Was soll denn schon werden? Ein ordentliches Leben sollen sie kriegen. Der Kleine muß Ostern in die Schule. Die Karin darf nicht mehr schwänzen. Um den Großen mach' ich mir keine Sorgen.«

»Meinst du . . . heißt das . . . wir bleiben hier?«

»Wo willst du denn hin?«

»Du bist doch Heimkehrer. Du kannst doch eine Wohnung beanspruchen«, flüsterte Tante Emmy. »Wir könnten umziehen, ausziehen, zwei Zimmer bekommen wir bestimmt! Da haben wir Anspruch drauf!«

Onkel Hugo hustete wieder. Dann sagte er: »Sei froh, daß

wir hier untergekommen sind. Du hast doch ganz gut hier gelebt, oder nicht?«

»Na ja ...«

»Im übrigen will ich möglichst vermeiden, daß irgend jemand auf mich aufmerksam wird. Hast du die Rosenbaums vergessen?«

»Ach, Hugo, wer denkt denn noch daran? Hier kennt dich doch keiner.«

»Das weiß man nicht. Je weniger erfahren, was damals war, desto besser.«

»Ach, Hugo, die Kinder, und das alles, es wird mir zuviel«, jammerte Tante Emmy. »Du weißt doch, mit meinem Herzen, das ist ...«

»Jaja, ich weiß, mit dem Herzen hast du es schon immer gehabt.«

»Der Arzt ...«

»Ach, Emmy, ich weiß es doch«, sagte Onkel Hugo. »Aber denk daran, was ich dir eben gesagt habe. Wir können die Kinder jetzt nicht im Stich lassen – bis wir nicht wissen, was mit ihrem Vater ist.«

»Meinst du, der kommt noch mal zurück? Aus Rußland ist nicht einer zurückgekommen. Der ist bestimmt tot.«

Ja, dachte ich, wenn du es sagst, stimmt es sicher.

Vom Mond war nur noch eine schmale Hälfte in der einen Ecke des Fensters zu sehen. Der Schein fiel genau auf Tante Emmys Gesicht. Es glänzte fettig weiß.

»Ich werde erst mal sehen, daß ich jetzt anständig Geld verdiene. Dein Hugo war schon immer ein gewitzter Bursche.« Onkel Hugo lachte leise, glucksend.

Ich hörte, wie er sich wieder umdrehte. Die Bettfedern knarrten.

»Steck mir die Decke im Rücken fester«, sagte er. Tante Emmy seufzte. Dann konnte ich nur noch ihren Atem hören.

Onkel Hugo arbeitete beim Brückenbau. Er ging jeden Morgen um sechs Uhr fort und kam erst am Abend wieder. Sein Gesicht wurde schmaler, und seine Hände waren mit Blasen bedeckt. Aber er pfiff morgens beim Rasieren und abends, wenn er heimkam.

Dann stand er da, rieb sich die Hände und sah zu, wie Tante Emmy in der Kartoffelsuppe rührte. Aber Onkel Hugo besorgte auch Fleisch und Fett. Jeden Sonntag gab es jetzt einen Braten. Seit er zurück war, kochte Tante Emmy. Wenn sie ihre Hitze- und Müdigkeitsanfälle bekam, brauchte Onkel Hugo sie nur anzusehen, und zu sagen: »Na, Emmy?«

Sie seufzte, zog die Mundwinkel bis zum Kinn, aber dann war es vorbei.

»Der Onkel hat viel Geld«, sagte Ricki eines Tages. »Ich hab' gesehen, wie er es aus dem Koffer genommen und gezählt hat. – Woher hat er so viel Geld?«

»Das verdient er«, antwortete ich.

»Aber Klaus hat nur immer wenig Geld, und der verdient auch.«

»Klaus lernt ja noch«, sagte ich.

»Warum haben andere Leute immer viel Geld, und wir haben keins?«

»Das weiß ich auch nicht. Manche Leute sind eben reich, andere arm.«

»Wenn ich groß bin, will ich reich sein. Ich will das Geld zählen und es in einem Koffer haben. Der Koffer steht dann unter meinem Bett, wenn ich schlafe. Und wenn ich weggehe, nehme ich ihn mit, damit keiner mein Geld fortnehmen kann«, sagte Ricki.

»Gibst du mir denn von dem Geld?« Ich kratzte mit dem Fingernagel an dem Mörtel zwischen den moosbedeckten Steinen der Gartenmauer herum. Der Mörtel war spröde und fiel in kleinen Brocken heraus.

»Nun?« Ich betrachtete meine Schuhe, die vorne an den Zehen ausbeulten.

»Nein«, sagte Ricke langsam. »Nur wenn du krank bist und nicht für dich selbst sorgen kannst.«

»Sonst nicht?«

Ricki schielte an mir vorbei. »Jeder muß für sich selbst sorgen. Oma Lauscher sagt, wenn man nichts hat, gibt einem keiner was, warum soll man dann anderen Leuten was geben?« Er sah mich fragend an.

»Ja«, erwiderte ich. »Das ist bestimmt richtig. Oma Lauscher hat immer recht.«

61

Mutters Grab war ein flacher, viereckiger Hügel. Das Moos darauf war dicht und grün.

Es war Mutters Geburtstag, der dreizehnte Juni. An diesem Tag wäre sie achtunddreißig Jahre alt geworden.

Ich legte die Blumen an das Kopfende. Das weiße Täfelchen, mit ihrem Namen, Renate Thomas, geboren am 13. 6. 09, gestorben 18. 10. 44, war schief in die Erde gesunken.

Auf allen anderen Gräbern waren Grabsteine, aus weißem, grauem und schwarzem poliertem Stein.

Die Namen und die Daten waren in blassen Goldbuchstaben eingeprägt.

18. 10. 44. Ein Herbsttag, schwarze Regenwolken am Himmel, heulende Sirenen, sausendes Brummen in der Luft, flaches Knallen der Flak, aufheulende Fliegermotoren, die schaukelnde, flackernde Glühbirne, das Ächzen in den Stützbalken des Kellers, Pfeifen, weit entfernt, näher, immer näher, so nah, bebende, berstende Kellerwände, der Stützpfeiler, der abknickte, sich neigte, ganz langsam neigte und Mutter genau ins Genick traf.

Ich riß das Täfelchen mit ihrem Namen aus der Erde und warf es über die Hecke.

62

Als ich nach Hause kam, hatte Tante Emmy schon den Abendbrottisch gedeckt. Sie stand am Herd und füllte Kartoffeln in eine Schüssel. Auf meinem Stuhl lag ein braunes Paket.

»Was ist das?« fragte ich.

»Na, mach schon auf«, rief mein Onkel und rieb sich die

Hände. Tante Emmy schöpfte brummend Sauce über die Kartoffeln.

Ich zog die Kordel auf, faltete das Papier auseinander.

»Es wird dir passen«, lachte mein Onkel. »Du kannst es aber auch enger machen.«

Ich hob das Kleid hoch. Es war aus grünem Leinen.

Ich lief vor den Spiegel über der Waschschüssel und hielt es vor mich. Es hatte einen kleinen runden Kragen und runde Ärmelaufschläge.

»Na, wie gefällt es dir?« fragte mein Onkel.

»Es ist sehr schön«, sagte ich.

»Dann zieh es mal an.«

»Jetzt gleich?« Ich sah zu meiner Tante hinüber. Sie schaute mich mit zusammengepreßten Lippen an.

Ich lief hinaus, auf die Toilette, und zog das Kleid an. Es paßte.

»Danke«, sagte ich. Mein Onkel klopfte meine Schulter. »Na, wer wird denn gleich weinen.«

»Stell dich nicht so an«, sagte Tante Emmy. »Na ja, ihr könnt euch auch nicht beklagen, so wie wir für euch sorgen . . .«

»Bestimmt«, antwortete ich. »Ganz bestimmt können wir uns nicht beklagen.«

63

Der Arzt hatte ein langes, braunes Gesicht mit dünnen Lippen über gelben Zähnen.

Er stand von seinem Drehstuhl hinter dem Schreibtisch auf und kam zu uns an die Tür. Er schloß sie hinter uns.

»Na, kleiner Mann, jetzt willst du also in die Schule gehen«, fragte der Arzt.

»Ich will gar nicht in die Schule gehen«, rief Ricki. »Der Onkel sagt nur, ich muß. Aber ich will nicht.«

»So so«, nickte der Arzt, »du weißt ja ganz genau, was du willst, wie?«

»Ja«, sagte Ricki. »Soll ich es mal erzählen?«

Der Arzt lachte einen Augenblick lang mit den Augen.

»Jetzt haben wir keine Zeit«, sagte er dann. »Ein anderes Mal, wenn du mich noch mal besuchst, kannst du es mir erzählen. Jetzt muß ich dich erst einmal untersuchen.«

Der Arzt sah mich an. »Bist du die Schwester?«

»Ja.«

»In welchem Schuljahr bist du denn?«

»Im fünften. Ich habe zwei Jahre durch die Flucht verloren.«

»Wir sind doch gar nicht geflüchtet«, rief Ricki. »Wir sind doch immer hier gewesen.«

»Red doch nicht, du hast es vergessen.« Ich kniff Ricki in den Arm. »Du warst ja noch zu klein.«

Der Arzt blickte mich mit sonderbaren Augen an. »Na, dann wollen wir den kleinen Mann mal untersuchen.«

Er knöpft Ricki das Hemd auf. Klopfte seine Rippen und den Rücken ab. Ricki mußte tief aus- und einatmen, und dann husten.

»So«, sagte der Arzt, »jetzt wollen wir dich mal wiegen.«

Ricki mußte sich auf die Waage stellen.

»Das kann doch nicht stimmen.« Der Arzt schüttelte den Kopf. »Stell dich mal mitten drauf.«

Ricki stellte sich mitten auf die Gummiplatte der Waage.

Der Arzt schüttelte wieder den Kopf, ging zum Schreibtisch, schrieb etwas auf eine weiße Karte und legte sie umgedreht, so, daß man nicht sehen konnte, was er geschrieben hatte, auf einen Stapel anderer Karten.

»Ja, dann sag deiner Mutter . . .«

»Meine Mutter ist tot«, unterbrach Ricki ihn.

Der Arzt räusperte sich.

»Ach so – nun, der Junge wird ein Jahr zurückgestellt. Sorgt dafür, daß er etwas Anständiges zu essen bekommt.«

»Ja«, sagte ich und knöpfte Ricki das Hemd wieder zu.

64

»Warum hast du gesagt, wir sind geflüchtet?« fragte Ricki, als wir draußen auf der Straße waren.

»Weil der Arzt doch nicht zu wissen braucht, daß ich nie in die Schule gegangen bin. Du bist auch immer so vorlaut.«

»Ich glaube, du lügst viel«, sagte Ricki langsam. »Und lügen darf man doch nicht.«

»Wenn es einem nützt, dann schon.«

»Wann weiß man, ob es einem nützt oder nicht?«

»Wenn man es wissen muß, weiß man es schon«, sagte ich.

Ricki hopste an meiner Hand hin und her. Seine Holzsandalen klapperten auf dem Pflaster.

»Aber, wenn doch Oma Lauscher gesagt ...«

»Ich glaube, Oma Lauscher sagt dir ein bißchen zu viel«, unterbrach ich ihn. »Du mußt nicht so oft zu ihr gehen.«

»Aber, ich krieg immer was, wenn ich zu ihr gehe«, erwiderte Ricki. »Die ist doch sehr nett.«

»Sie ist eine alte Frau.«

»Warte mal, bis du alt bist.«

Ich mußte plötzlich lachen. Ich konnte mir nicht vorstellen, daß ich überhaupt alt werden könnte.

65

Hoch oben in der Kirche dämmerte es. In den roten und blauen Glaszacken der Fenster glitzerte die Sonne.

Ich kniete vor dem Bild der Mutter Gottes nieder.

Wenn du etwas tun kannst, damit mein Vater wiederkommt, bitte, tu es, betete ich.

Die Mutter Gottes lächelte ihr seltsames Lächeln. Ihre Augen waren halb von den Lidern bedeckt.

Wenn ich nur wüßte, ob du etwas tun kannst?

Ich wünschte, du könntest mir ein Zeichen geben, daß du mir zuhörst.

Die Mutter Gottes hatte eine breite, weiße Stirn. Eine Strähne braunen Haares schaute unter ihrem blauen Umhang hervor.

Ich habe gelesen, man muß glauben können, ohne zu sehen. Aber ich möchte so gern etwas sehen. Kannst du mir kein Zeichen geben?

Die Mutter Gottes lächelte.

Ich möchte wissen, was ich tun kann, damit mein Vater wiederkommt.

Das Kind hatte kleine, runde Hände. Sie waren zum Greifen ausgestreckt, wie die Hände aller kleinen Kinder.

Meine Mutter ist gestorben. Ich weiß nicht warum. Laß bitte meinen Vater noch am Leben sein.

Die Mutter Gottes lächelte.

Irgendwo in der Kirche sang silbern eine Glocke.

Wenn ich dir meinen Ring gebe, hilft das etwas?

Den Ring hat mir mein Vater zum letzten Weihnachten geschenkt, als er noch bei uns war. Er ist aus Silber und sicher nicht viel wert. Aber ich will ihn dir geben. Vielleicht kannst du dann etwas für meinen Vater tun?

Die Mutter Gottes lächelte.

Ich warf den Ring in das Holzkistchen, über dem eine weiße Karte angebracht war: Spenden für den Wiederaufbau der Kirche. In einer Schale daneben lagen Wachslichter. Ich nahm eines und zündete es an der großen Kerze an, die in dem Holzhalter neben dem Marienbild brannte.

Wachs rann über meine Hände, als ich das Licht in den Halter steckte.

»Hast du auch eine Spende für die Kirche gegeben? Sonst darfst du dir nämlich kein Lichtlein nehmen«, sagte eine Stimme hinter mir.

Ich wandte mich um.

Der Priester hatte gute Augen.

»Ich stehle nicht«, erwiderte ich.

Der Priester schaute mich prüfend an.

»Ich stehle nicht«, sagte ich noch einmal.

Der Priester neigte seinen Kopf und ging langsam davon. Seine Soutane raschelte über die Steinfliesen.

Ich kniete nicht mehr hin. Ich blieb stehen, faltete die Hände.

Die Mutter Gottes lächelte. Sie lächelte an mir vorbei.

Ich wandte mich um, aber hinter mir stand niemand.

Ich habe eben gelogen, als ich sagte, ich stehle nicht. Ich habe schon oft gestohlen, und ich habe auch schon oft gelogen. Vielleicht tue ich es auch wieder, das weiß ich noch nicht. Aber kannst du mir nicht trotzdem helfen? Kannst du nicht trotzdem etwas tun, damit mein Vater wiederkommt?

Die Glocken begannen zu läuten. Ihr Schläge hallten durch die leere Kirche.

66

Klaus warf seine Werkzeugtasche in die Ecke. Er ging zum Krug und goß sich ein Glas Wasser ein. Er trank es in einem Zug leer. Er trat an mir vorbei zum Fenster. Er verschränkte seine Hände auf dem Rücken. Die Knöchel seiner Finger standen weiß heraus. Unter seinem dünnen karierten Hemd waren die Schulterblätter spitz und eckig.

»Wo ist die Tante?« fragte er nach einer Weile.

»Sie ist mit Ricki spazieren.«

Er wandte sich um, warf sich auf das Bett, starrte zur Decke hoch.

»Klaus.«

»Ja, ich weiß, ich sag's ja auch schon.« Er sprach sehr leise. Seine Lippen bewegten sich kaum. Sie waren zu einem Strich zusammengezogen.

Ich ging zum Fenster und blickte hinaus. Staub wirbelte in den Bahnen des Sonnenlichts, die schräg auf den Asphalt fielen.

»Klaus!«

»Ich habe Nachricht«, sagte er. »Nachricht vom Roten Kreuz.«

»Vom Roten Kreuz?«

»Vom Suchdienst.«

»Vater kommt nicht zurück«, sagte ich. Der Eisenriegel des Fensters, der eben noch kalt gewesen war, brannte plötzlich vor Hitze. Ich nahm die Hände herunter.

»Ja«, erwiderte Klaus. »Vater kommt nicht zurück.«

»Ich wußte nicht, daß du dich an das Rote Kreuz gewandt hast?«

»Ich wollte dir nichts sagen, bevor ich nicht Bescheid wußte. Ich habe heute den Brief bekommen. Sie schreiben, sie haben einen Kameraden von Vater ausfindig gemacht, der gesehen hat, wie er gestorben ist.«

»Wie ist er gestorben?«

»Das schreiben sie nicht.«

»Aber warum haben wir damals die Nachricht bekommen, daß er vermißt war? Sie müssen ihn doch gefunden haben.«

»Als sie ihn für vermißt erklärten, war seine Einheit schon von Russen umzingelt. Ein paar von den Soldaten sind in Gefangenschaft geraten.«

»Wenn Vater in Gefangenschaft gekommen wäre, käme er jetzt vielleicht auch zurück?«

»Ja, dann wäre er vielleicht noch zurückgekommen.«

»Sollen wir es Ricki sagen?«

Ich hörte, daß Klaus sich auf dem Bett herumwarf.

»Nein«, flüsterte er nach einer Weile. »Vielleicht, wenn er älter ist.«

Die Sonne schien nicht mehr. Regen prasselte herunter. Ich öffnete das Fenster, hielt die Hand in den Regen, er war warm, die Luft schwül. Ich fror.

»Jetzt müssen sie uns eine Kriegswaisenrente geben«, sagte ich.

»Das ist das einzige, woran sie nicht vorbeikommen«, erwiderte Klaus.

67

Die Straße war lang und dunkel. Hoch und schwarz standen zu beiden Seiten die Häuser, die ganz weit hinten zusammenstießen.

Der Himmel glühte violett. Lange, weiße Wolkenfetzen jagten ihn entlang.

Die Schritte folgten mir. Laut, hallend, zuerst langsam, dann schneller.

Ich rannte und wagte nicht, mich umzusehen.

Ich lief auf das Licht zu, das dort aufglomm, wo die Häuser zusammenstießen. Es war ein großer, gelber Funke, der sich schnell weiterfraß und die Straße in schwefeligen Schein hüllte.

Ich rannte darauf zu. Ich wollte noch schneller laufen, aber ich konnte es nicht.

Die Schritte folgten mir, jetzt sehr nahe.

Es waren harte, metallene, grausame Schritte von Nagelschuhen, die in meinen Ohren dröhnten.

Ich rannte auf das Licht zu, wenn ich es erreichte, war alles gut.

Dann war das Licht verschwunden. Die Straße dehnte sich dunkel und endlos.

Die Schritte erreichten mich. Ich schrie und wachte auf.

Ich lag in meinem Bett. Zwischen den Gittern des Fensters drang das blasse Licht des heraufkommenden Tages herein.

Ich schloß die Augen wieder und zog die Bettdecke bis zum Kinn hoch.

Ich hatte diesen Traum schon oft gehabt. Aber das Ende war anders gewesen. Die Schritte erreichten mich nie. Die Straße erhellte sich, und ich hörte die Stimme meines Vaters, fühlte seine Hand auf meiner Schulter.

Ich rieb mein Gesicht mit beiden Händen, schlug die Bettdecke zurück und stand auf.

Ich nahm meinen Mantel über und ging hinaus zur Toilette. Ich zog mein Nachthemd aus, um mich zu waschen. Es war naß von Schweiß.

68

»Was machst du denn da?« fragte ich Ricki.

Er saß am Küchentisch, malte mit einem Rotstift rechteckige Felder auf einen Bogen Packpapier, zeichnete in die Felder Zeichen, die nur ihm verständlich sein konnten.

»Stör mich doch nicht!« Ricki fuhr ungeduldig mit der Zungenspitze über seine Lippen. »Ich spiele Kaufmann, siehst du das nicht?«

Er schnitt den Bogen in vier Teile. »Wenn du willst, kannst du mitspielen. Du bekommst die Karten. Hier, das ist eine Lebensmittelkarte, das ist eine Fleischkarte, und das ist für Gemüse.« Er schob mir die Papierstücke zu.

»Du kommst jetzt zu mir einkaufen«, sagte er. »Und ich schneide die Karten ab.«

»Also, schön.« Ich räusperte mich, sprach mit tiefer Stimme:

»Guten Tag, Herr Kaufmann, ich möchte gern ein Pfund Kalbfleisch.«

»Nein, das ist doch nicht richtig«, rief Ricki entrüstet. »Du kriegst doch nur ein Viertelpfund Fleisch.«

»Also gut, dann möchte ich ein Viertelpfund Fleisch.«

Ricki nahm mit ernster Miene die Karten entgegen. »Ja, da wollen wir mal sehen.« Er schnitt einen Abschnitt heraus.

Seine Hände faßten ein imaginäres Stück Fleisch und ein Messer, säbelten daran herum. Plötzlich hielt er inne.

»Was ist eigentlich Kalbfleisch?« fragte er.

»Das ist schönes weißes Fleisch. Kranke Leute bekommen es zu essen, und Reiche.«

»Siehst du, dann kannst du mich doch gar nicht danach fragen. Das gibt es doch gar nicht.«

»Das gibt es schon«, antwortete ich. »Aber unter der Ladentheke.«

Rickis Gesicht strahlte auf. »Ach so, dann mußt du jetzt nur so tun, als wenn du das Viertelpfund Fleisch haben willst, und du mußt mir zuflüstern, ich komme heute abend vorbei.«

»Warum soll ich denn heute abend bei dir vorbeikommen?«

»Bei mir doch nicht, beim Kaufmann«, sagte Ricki.

»Also gut, beim Kaufmann.«

»Du bringst mir doch eine Flasche Schnaps mit, Kaffee oder Zigaretten, und dann bekommst du dein Kalbfleisch.«

»Wir könnten ja auch Frieden spielen«, schlug ich vor.

»Warum denn, das ist doch sehr schön so?« fragte Ricki.

»Im Frieden braucht man keine Karten«, sagte ich. »Man kann so viel kaufen, wie man will.«

»Du lügst«, rief Ricki. »Das gibt es gar nicht.«

»Doch, bestimmt. Vor dem Krieg konnte man von allem so viel kaufen wie man wollte. Man mußte nur dafür bezahlen. Man brauchte keine Karten.«

»Jetzt ist doch der Krieg vorbei«, sagte Ricki. »Dann ist doch Frieden.«

»Jetzt ist noch kein richtiger Frieden«, erwiderte ich.

»Warum denn nicht?«

»Weil wir den Krieg verloren haben, und weil die Amerikaner hier sind.«

»Wann kommt denn der richtige Frieden?« fragte Ricki.

»Onkel Hugo sagt, wenn das Geld nichts mehr wert ist.«

»Wenn das Geld nichts mehr wert ist, nützt es doch nichts, wenn der Frieden kommt. Dann kann man ja doch nichts kaufen«, sagte Ricki.

»Onkel Hugo meint, das Geld ist erst nichts mehr wert, aber dann gibt es neues Geld, und man kann wieder alles kaufen.«

»Geld ist doch Geld«, beharrte Ricki. »Und ich hab' gehört, daß Onkel Hugo gesagt hat, die Hauptsache ist, daß man viel davon hat. Deshalb hat er doch auch den Koffer voll Geld.«

69

Tante Emmy ließ vor Schreck den Löffel in den Teller fallen.

»Mein Gott, Hugo, du verhebst dich ja.« Sie lief zu ihm, aber da hatte er schon das lange, braune Paket von der Schulter gehoben. Er dehnte sich ächzend.

»Na, war ganz schön schwer, was, Klaus?« Er wandte sich zu meinem Bruder um, der die Tür schloß.

»Jaja«, sagte Klaus.

»Rat mal, Emmy, was da drin ist«, rief Onkel Hugo.

Tante Emmy zerrte an den Schnüren der Verpackung.

»Ha, da wirst du staunen!« Onkel Hugo rieb sich die Hände und lachte glucksend. »Komm, Klaus, mach du's mal auf.«

Tante Emmy richtete sich stöhnend auf. »Sag doch schon, Hugo, was ist denn das?«

Onkel Hugo und Klaus schnürten das Paket auf. Ein vierfach gefalteter Teppich lag darin.

Onkel Hugo schlug ihn auseinander. Der Teppich leuchtete in Rot und Blau.

»Na, was sagst du nun, Emmy?« Onkel Hugo lachte.

Tante Emmy schlug die Hände über dem Kopf zusammen.

»Ist der schön!«

»Und echt Orient, garantiert echt. Ich weiß schon, was ich kaufe. Der wird die Bude hier direkt in ein Schloß verwandeln«, lachte Onkel Hugo. »Und außerdem – Werte, die sind sicherer als das beste Bargeld.«

»Aber Hugo, woher hast du ihn denn?«

Tante Emmy schlug die Hände über dem Kopf zusammen. Sie lief um den Teppich herum, befühlte den weichen Flaum der Wolle, rieb die Fransen zwischen ihren Fingrn.

»Da wirst du staunen«, rief Onkel Hugo.

»Nun sag doch schon!«

»Ich hab' unseren alten Kreisleiter wiedergetroffen, ganz durch Zufall. Der ist jetzt schon wieder in der Verwaltung und ausgerechnet hier, in dieser Stadt. Erinner' dich doch, der mir damals den Posten nicht geben wollte, obwohl ich ... naja, du weißt ja, wie es war. Also, den hab' ich wiedergetroffen, und der brauchte Geld. Ich war schon immer scharf auf so einen Teppich. Ich hab' mir gesagt, Hugo, sei helle, hier kannste verdienen und gleichzeitig etwas Wertbeständiges ergattern. Na – und hier ist der Teppich, wie gefällt er dir?«

70

»Stimmt das wirklich, hat er den Teppich gekauft?« fragte ich später, als Tante Emmy und Onkel Hugo ins Kino gegangen waren.

»Natürlich hat er ihn gekauft«, erwiderte Klaus. »Der braucht sich nichts so zu nehmen. Er kann bezahlen, was er haben will.«

»Woher hat er bloß so viel Geld?«

»Er verdient es eben«, sagte Klaus.

»Aber in der kurzen Zeit, in einem Vierteljahr?«

»Onkel Hugo weiß, wie man es macht«, sagte Klaus.

»Ich glaube, das hat er schon immer gewußt.«

71

»Du fährst mit der Bahn bis zum Münsterplatz. Von da ist es nicht weit bis zur Sternstraße«, sagte mein Onkel.

»Weiß er denn, daß ich komme?« fragte ich.

»Aber sicher«, lachte mein Onkel. »Ist ein alter Bekannter von mir. Hab' ihn noch vor ein paar Tagen zufällig getroffen. Darfst dich nicht über ihn wundern, ist ein komischer Kauz. Aber er hat schon immer gewußt, wie man's macht. Natürlich ist er auch jetzt wieder auf die Füße gefallen. Hat ein großes Zigarettengeschäft.«

»Groß?« Tante Emmy schnaubte durch die Nase. »Dieses elende Loch.«

»Kommt ja nicht darauf an, ob der Laden groß ist, kommt darauf an, ob das Geschäft groß ist«, lachte mein Onkel.

»Was soll ich denn nun sagen?« fragte ich.

»Sag, du kommst vom Hugo und sollst die Bücher abholen. Wenn er dir das Paket gibt, gibst du ihm den Umschlag hier. Aber erst, wenn du das Paket hast.«

»Hoffentlich haut er dich nicht übers Ohr, Hugo«, jammerte Tante Emmy. »Du solltest lieber selbst gehen.«

»Ach was«, Onkel Hugo machte eine abwehrende Bewegung mit der Hand. »Kinder sind ungefährdeter.«

»Was soll ich tun, wenn ich kontrolliert werde?« fragte ich. »In der Gegend sind oft Razzien.«

»Du haust eben ab, oder tust sonst irgend etwas. Es wird dir schon was einfallen. Hier, das ist für dich, wenn du dich nicht dumm anstellst.« Onkel Hugo wedelte einen Geldschein vor meiner Nase herum.

Als ich ging, hörte ich Tante Emmy sagen: »Du brauchst der nichts dafür zu geben, Hugo. Die haben es doch sowieso viel zu gut bei uns.« Und Onkel Hugo lachte dröhnend.

72

Das Geschäft war eine dunkle Höhle. Da, wo früher das Schaufenster und die Glasscheibe in der Tür gewesen waren, hatte jemand Bretter und Pappe vorgenagelt.

Ich ließ die Tür einen Spalt weit auf, damit ich noch etwas sehen konnte.

»Mach die Tür zu. Es zieht«, rief eine dünne Stimme. Ich sah mich um, aber ich konnte niemand entdecken.

»Du sollst die Tür zumachen«, sagte die Stimme noch einmal.

Ich ging zurück zur Tür und schloß sie.

»Jetzt komm her«, befahl die Stimme.

Ich ging in die Richtung, aus der die Stimme kam und stieß gegen die Theke.

»Machen Sie doch Licht, ich kann nichts sehen«, sagte ich.

Ich hörte, daß jemand im Hintergrund des Ladens hin- und herschlurfte. Dann drang graues Licht durch schmutzblinde Scheiben eines Hinterzimmers in den Laden.

»Was willst du?« fragte die Stimme plötzlich hinter der Theke hervor.

»Ich komme von Hugo«, antwortete ich. »Ich soll die Bücher abholen.«

Der Mann richtete sich hinter der Theke auf. Er hattte einen dicken, runden Kopf, der zwischen den Schultern eingezwängt saß. »Von Hugo? Der alte Gauner hat wohl nicht den Mut, selbst zu kommen?«

Hinter dem Kopf des Mannes ragte der Höcker hoch. Der Stoff seiner Jacke war blankgewetzt, da wo der Knopf gegen den Höcker scheuerte.

»Sie haben aber einen komischen Laden«, sagte ich.

Der Mann hinter der Theke kam hervor. Er hüpfte mir voran in das Hinterzimmer.

An der Tür blieb er stehen.

»Komm schon«, zischte er ungeduldig.

Draußen schien die Sonne, und es war sehr warm, aber in dem Hinterzimmer bullerte ein großer Kachelofen.

»Setz dich.« Der Mann schob mir einen Stuhl zu.

Der Mann sah auf meine Hände, die ich in den Taschen meiner Jacke behielt. »Na, was hast du mir denn mitgebracht?«

»Erst die Bücher«, sagte ich, »dann bekommen Sie das, was ich Ihnen mitgebracht habe.«

Der Mann humpelte zu einem schmalen, schwarzen Schrank, der in der Ecke zwischen Ofen und Fenster eingeklemmt war.

Er zog einen Schlüssel aus seiner Jackentasche und öffnete den Schrank.

Er griff schnell ein braunes Paket heraus, aber ich hatte schon die Geldbündel gesehen, welche die oberen Fächer des Schrankes bedeckten.

Ich guckte sofort weg, als der Mann mich ansah.

Er kam zu mir herüber und hielt mir das Paket hin. Ich stand auf, zog den Umschlag, den Onkel Hugo mir gegeben hatte, langsam aus der Tasche.

Der Mann griff hastig nach dem Umschlag.

»Warte«, sagte er. Er ging zum Fenster und drehte mir den Rücken zu. Über seinem Höcker konnte ich die Ränder seiner weißen Ohren und Büschel schwarzen Haares sehen.

Ich hörte, wie er den Umschlag aufriß und leise zählte: »Einhundert, zweihundert, dreihundert, vierhundert . . .«

Dann drehte er den Kopf hinter seinem Höcker hervor. »Stimmt«, zischte er, »und jetzt verschwinde.«

Ich machte, daß ich aus dem Laden kam.

73

»Du bist ein braves Mädchen«, sagte Onkel Hugo. Er gab mir den Zwanzigmarkschein, den er am Morgen vor meiner Nase herumgewedelt hatte.

Tante Emmy schnaufte böse.

74

»Und du weißt nicht, was in dem Paket war?« fragte Klaus, als ich es ihm erzählte.

»Ich habe keine Ahnung«, erwiderte ich. Der Amerikaner, der an uns vorbeiging, grinste mir zu, und ich lächelte zurück.

Klaus pfiff durch die Zähne.

»Ich hab's«, rief er. »Vielleicht handelt er mit Rauschgift. Du hättest das Paket aufmachen sollen.«

»Es war doch mit Lack versiegelt. Ich hab' es ja versucht, aber es ging nicht.«

»Na ja, das hätte uns auch nichts genützt.« Klaus zuckte die Schultern. »Vom Wissen werden wir nicht satt. Haben müßte man von diesem Zeugs, soviel wie möglich.«

»Geld ist aber auch was wert«, sagte ich.

»Du spinnst ja!« Klaus schloß sich an die Schlange der Wartenden an, die vor der Kinokasse stand. ›Der Herr in Grau‹ wurde gegeben. Es war ein Film in englischer Sprache.

»Jetzt kannst du beweisen, wieviel Englisch du kannst«, sagte Klaus.

Wenn John hiergeblieben wäre, hätte ich noch viel mehr gelernt, dachte ich.

75

Durch die zitternde Glaswand des Regens sah ich, wie in dem Hinterzimmer die Glühbirne an der Decke hin- und herschaukelte, als die Tür vom Laden her aufgestoßen wurde.

Der Kopf des Buckligen war hinter dem Stoß Kartons verborgen, den er auf seinen kurzen Armen hereinbalancierte. Seine Beine knickten bei jedem Schritt ein, tasteten sich unsicher an dem Tisch vorbei zu der Couch, die unter dem Fenster stand. Die Kartons fielen mit dumpfem Gepolter auf das Sofa.

Der Bucklige richtete sich auf. Sein Gesicht glänzte weiß. Er wischte sich mit dem Handrücken über die Wangen und den schwarzen Haarbusch, der in einer Spitze in die Stirn wuchs.

Der Bucklige schob die Kartons auf der Couch beiseite, stützte sich mit beiden Händen auf und schwang sich auf die Liege. Seine Nase drückte sich am Fenster platt. Seine Augen durchforschten den Hof.

Ich preßte mich an die Mauer und wandte mein Gesicht ab.

Die Mauer war naß und glitschig. Sie roch nach Moos und modrigen Steinen.

Ein Blitz zuckte über den schwarzen Ruinenfinger des Schornsteins auf der anderen Seite des Hofes herunter. Der Donner folgte sofort.

Ich griff nach meinem Jackenkragen und zog ihn zusammen. Aber das nützte schon nichts mehr. Der Regen lief in kalten Bächen meinen Rücken herunter.

Aus dem Hinterzimmer kam ein leise schnappendes Geräusch.

Ich wandte mich wieder um.

Der Bucklige hatte den schwarzen Schrank geöffnet. In den obersten Fächern stapelten sich die Geldbündel. Der Bucklige lief mit hüpfenden Schritten hin und her und verstaute die flachen, langen, rechteckigen Pakete in dem Schrank. Dann schloß er ihn wieder ab. Er blieb einen Augenblick lang mitten im Zimmer stehen.

Ich sah, wie sich seine vorgewölbte Brust schnell senkte und hob. Der Bucklige wischte noch einmal über sein Gesicht, ging zum Ofen, öffnete die Feuerklappe und schürte die Glut, bis ihm die Funken entgegensprühten.

Die Tür zum Laden stand noch einen Spalt weit auf. Bevor der Bucklige sie schloß, äugte er hierhin und dorthin, dann drehte er den Schlüssel zweimal herum. Er ging zum Ofen zurück, zog die Steinguttasse heran, die neben dem glühenden Rohr stand, und trank von der dampfenden Flüssigkeit, die darin war.

Es donnerte wieder. Der Bucklige sah zum Fenster herüber. Ich duckte mich, kroch an der Mauer entlang über den rissigen Zementboden des Hofs, näher zum Fenster. Ich blieb noch eine Weile in der Hocke, dann richtete ich mich wieder auf.

Der Bucklige leerte gerade seine Jacken- und Hosentaschen auf den Stuhl neben der Couch. Den Schlüssel vom Schrank schob er unter das Kopfteil. Die Federn der Liege quietschten, als er sich hinsetzte. Der Bucklige stöhnte, dann polterte etwas zu Boden. Er hatte seine Schuhe ausgezogen.

Ich hörte, wie er sich auf der Couch ausstreckte. Ich richtete mich weiter auf.

Der Bucklige lag da, mit halb geschlossenen Augen. Sein Mund stand offen. Er atmete mit langen, gepreßten Zügen.

Ich hockte mich wieder hin. Ich wartete. Ich befühlte den Kitt der Fensterscheiben. Er war brüchig und fiel in Krümeln heraus, als ich mit dem Fingernagel darüber kratzte.

Ich wartete darauf, daß die Glühbirne unter dem kleinen, grünen Schirm an der Decke ausgehen würde.

Der Donner vergrollte irgendwo weit fort, jenseits des Flusses. Es hörte auf zu regnen. Die Wolkenballen rissen auf, wurden zu schmutzigen Wattefetzen. Dahinter war das Dunkel des Himmels mit den weißen, gezackten Löchern der Sterne.

Meine Beine waren eingeschlafen, meine Haut war kalt. Aber die Luft war schwül. Die Kälte saß unter meiner Haut.

Ich stand vorsichtig auf. Meine Knie zitterten, weil ich so lange da gehockt hatte.

Ich sah noch einmal in das Hinterzimmer. Der Bucklige schlief. Seine Hände mit den mageren, weißen Fingern lagen auf seiner Brust. Das Licht brannte immer noch.

Ich schlich an der Mauer des Hofes entlang, tastete mit meinen Händen über die Steine, fand die Stelle, wo ich über die Mauer geklettert war, dort, wo einzelne Steine wie Stufen herausgebrochen waren, stieg hoch, auf der anderen Seite wieder herunter, lief über das Trümmergrundstück, wo einmal das Hotel gestanden hatte, an dem einsamen Pfeiler vorbei, dessen oberes Drittel so geneigt war, als müsse es jeden Augenblick herunterstürzen. Ich stieg wieder über eine Mauer, war vor dem Bretterzaun, der das Grundstück zur Straße hin abgrenzte, fand die beiden losen Bretter, schob sie zur Seite, beobachtete einen Augenblick lang die Straße, fand sie leer, zwängte mich durch die Bretterlücke und ging die Straße entlang, langsam, so, als ginge ich spazieren, nach Hause.

Jetzt wußte ich genau, wie wir es machen würden.

76

»Einen Koffer voll Geld müßte man haben«, sagte ich zu Klaus.

Er lehnte sich gegen die Gartenmauer zurück und biß in den Apfel, den ich ihm vom Mittagessen aufbewahrt hatte.

»Seitdem du entdeckt hast, daß Onkel Hugo einen Koffer voll

Geld hat, läßt dir das keine Ruhe mehr. Aber woher sollen wir jemals Geld kriegen?«

»Ich wüßte schon woher!«

Klaus blieb der Bissen im Mund stecken. »Was hast du denn jetzt wieder ausgeheckt?«

»Einen Plan, wie man zu einem Koffer voll Geld kommt.«

Klaus riß die Augen auf.

»Sieh mal einer an . . .« Er pfiff durch die Zähne.

»Du mit deinem Lohn, was können wir schon damit anfangen? Geld müßte man haben, richtig viel Geld – einen Koffer voll!«

Klaus kaute an seinem Apfel.

»Laß mich doch mit solch einem Blödsinn in Ruhe«, sagte er. »Das kann doch nichts sein.«

»Paß nur auf, ich habe mir alles genau überlegt. Wenn wir es richtig anfangen, schwimmen wir in Geld. Stell dir doch vor, dann können wir uns alles kaufen, was wir wollen. Wir können endlich machen, was wir wollen. Warum sollen wir es dann nicht tun? Das ist das letztemal, daß wir etwas organisieren müssen.«

Klaus sah mich mit unruhigen Augen an.

»Ja, sicher, Geld müßte man haben. Dann brauchten wir nicht mehr darauf zu warten, daß uns jemand hilft.«

»Eben«, sagte ich. »Darauf kommt es doch an.«

77

Wir spazierten durch die Sternstraße.

»Da drüben ist es«, sagte ich.

»Aber du hast doch gesagt, man kann von hinten her an das Haus herankommen«, flüsterte Klaus.

»Sicher«, erwiderte ich, »das zeige ich dir auch noch.«

»Und das ist alles so, wie du es gesagt hast?«

»Ja. Der Bucklige kann uns bestimmt nicht nachlaufen.«

»Eigentlich ist es ja doch verdammt gefährlich«, sagte Klaus.

»Nicht, wenn kein Mond scheint und wir ungesehen in den Hinterhof kommen.«

»Aber Ricki nehmen wir auf keinen Fall mit«, sagte Klaus.

»Das brauchen wir auch nicht, wie wir es uns jetzt überlegt haben.«

»Was wir alles mit dem Geld anfangen können ...«, sagte Klaus.

»Wir können uns ein eigenes Zimmer suchen«, schlug ich vor.

»Wir können uns richtige Sachen kaufen. Du kriegst dann einen Mantel und Schuhe und ein Kleid, Ricki bekommt auch einen Mantel, und ich kaufe mir einen Anzug«, versprach Klaus.

»Wir können dann alles tun, was wir wollen.«

»Am besten, wir tun es bald«, sagte Klaus.

»Morgen? Morgen nacht?«

»Wenn das Wetter so bleibt, scheint bestimmt kein Mond«, sagte Klaus.

Der Himmel war mit schwarzen Regenwolken überzogen. Es war sehr schwül.

»Das sind nur Gewitterwolken«, erwiderte ich. »Hoffentlich halten die sich bis morgen.«

»Am besten tun wir es bald«, sagte Klaus noch einmal, »dann haben wir es hinter uns.«

78

Die Nacht war schwarz. Der Wind jaulte in dem ausgebrannten Kamin des Hotels. Das Gewitter staute sich noch über der Stadt vor dem Fluß.

»Ich glaube, jetzt schläft er«, flüsterte Klaus.

Ich richtete mich auf und sah durch das Fenster in das Hinterzimmer, wo der Bucklige auf der Couch lag. »Er bewegt sich aber ...«

Klaus fuhr mit den Händen über den Boden des Hofes und rieb sich den Staub ins Gesicht.

Wenn ich sprach, spannte sich meine Gesichtshaut unter dem Dreck, den ich daraufgeschmiert hatte.

»Ich wünsche, der würde endlich schlafen«, sagte ich.

Meine Knie fühlten sich ganz lahm an, so lange hockten wir nun schon hier.

»Mach bloß keine Schau, schließlich hast du den Plan gehabt«, zischte Klaus.

»Unsinn . . .«

Vom Münster schlug es zwei Uhr.

»Daß er auch so spät ins Bett gehen mußte . . .«

»Der schläft sicher bald«, erwiderte ich. »Fang doch schon mal mit dem Kitt an.«

Klaus schabte an dem Kitt der kleinen Fensterscheibe neben dem Riegel.

»Geht prima«, flüsterte er. Das Schaben war so leise, daß ich es nicht hören konnte.

Ich lugte wieder ins Zimmer. »Ich glaube, er schläft jetzt wirklich . . .«

Klaus hielt die Scheibe mit der einen Hand fest. Er hatte den Kitt rundherum fortgeschabt.

»Den Leim«, flüsterte er.

Ich strich ihm den Leim auf die freie Hand.

Klaus drückte die Hand mit dem Leim gegen die Fensterscheibe und kippte sie aus der Fassung.

Er langte durch die Öffnung, zog langsam den Riegel herunter, öffnete das Fenster.

Ich glitt hinter ihm her, durch das Fenster in das Zimmer. Der Mann rührte sich nicht. Ich hockte mich neben das Kopfende der Couch und zog den Schlüssel unter dem Kopfkissen hervor.

Klaus stand am Schrank.

»Hier.«

Klaus griff nach dem Schlüssel.

Ich blieb neben der Couch hocken. Ich schaute den Mann nicht an. Aber ich hörte ihn atmen, stockend, röchelnd, als sei jeder Atemzug der letzte. Dann bewegte er sich, sein Kopf fiel auf die Seite, aber er schlief weiter.

Einmal knackte die Schranktür, dann glitt Klaus auf seinen Strümpfen an mir vorbei, zum Fenster. Ich war hinter ihm, schwang mich auf das Fensterbrett.

»Halt!« Der eine Fuß des Buckligen preßte meine Kniekehlen gegen die Wand. Ich strampelte, um freizukommen.

Klaus zog an meinen Händen.

»Halt«, schrie der Bucklige noch einmal. Klaus riß mich hoch. Wir wandten unsere Gesichter ab.

»Diebe!« schrie der Mann. Im gleichen Augenblick warf ich

ihm die Tüte mit dem Pfeffer ins Gesicht. Das schnitt seinen Schrei ab.

Irgendwo in einem der Häuser ging Licht an, aber wir waren schon über der Mauer, auf dem Grundstück des ehemaligen Hotels, am Bretterzaun und auf der Straße.

Wir liefen und rieben uns im Laufen den Dreck aus dem Gesicht.

»Halt, wo wollt ihr hin?« rief ein Schupo am Bahnhof.

»Nach Hause«, erwiderten wir und rannten weiter.

Wir liefen durch die leeren, schwarzen Straßen, hinauf in den Wald.

Wir erreichten den verlassenen Bunker des Krankenhauses und verkrochen uns in einem Winkel.

Klaus zündete die Kerze an.

»Mensch!« Es war das erste, was er sagte. »Das hätte schiefgehen können.«

»Ist es aber nicht«, antwortete ich. Meine Hände rochen noch nach Pfeffer. Ich mußte niesen.

»Hast du viel genommen?« fragte ich. Meine Wangen waren heiß.

»Ich weiß nicht.« Klaus zerrte an dem Riemen, den er um den kleinen Koffer geschlungen hatte.

Wir zählten die Geldscheine. Es waren Zwanzig- und Fünfzigmarkscheine.

Aber wir mußten immer wieder von neuem zu zählen anfangen.

»Zwanzigtausend werden es sein«, sagte Klaus endlich.

Es verschlug mir die Sprache.

»Zwanzigtausend!« wiederholte Klaus.

Ich sah deutlich in meinem Kopf eine Zwei und vier fette Nullen dahinter. »Soviel hat Onkel Hugo bestimmt nicht.«

Ich begann zu rechnen, was man mit zwanzigtausend Mark anfangen konnte. Aber ich kam nicht weit. Mein Kopf schwindelte von den vielen Zahlen. Wir besaßen jetzt einen Koffer voll Geld.

Klaus blätterte die Geldbündel auseinander, zog die Gummibänder herunter, strich sie wieder herauf.

»Wir müssen nach Hause«, sagte ich.

»Wo lassen wir das Geld?« fragte Klaus.

»Wir nehmen es mit!«

»Nein, wir lassen es lieber hier. Wir kommen morgen zurück und holen es. Wenn wir jetzt angehalten werden, wenn eine Razzia ist, dann nehmen sie uns das Geld ab.«

»Mach es, wie du willst«, sagte ich. »Ich will nur einen Schein, damit ich morgen früh weiß, daß wir wirklich so viel Geld haben.«

79

Meine Tante rüttelte mich am Arm. Davon wurde ich wach. Mein Nachthemd war naß. Ich wußte, daß ich geträumt hatte, der Bucklige hätte uns gekriegt.

»Werd doch endlich wach!« schimpfte meine Tante. »Spät nach Hause kommen und dann in den Tag hineinschlafen – das ist mir das richtige!«

»Ja, ich steh' ja schon auf«, sagte ich.

»Es wird auch Zeit. Wir müssen das Geld holen!«

»Was – das Geld?«

»Ja, natürlich!«

Meine Tante lief zwischen dem Spiegel, vor dem sie ihren Hut aufsetzte, und dem Herd, auf dem das Kaffeewasser brodelte, hin und her.

»Welches Geld?« fragte ich. Mein Herz hatte aufgehört zu schlagen.

»Sag mal, hörst du schlecht? Heute wird doch das Geld umgewechselt! Heute ist die Währungsreform!«

Sie goß das Wasser in die Kaffeekanne. Ich saß im Bett, konnte mich nicht bewegen.

»Wer sich so herumtreibt wie ihr, kann ja auch nichts davon wissen. Den ganzen Tag weiß der liebe Himmel wo, und dann noch bis in die Nacht hinein ausbleiben! Das geht zu weit, nicht wahr, Hugo?«

Mein Onkel kam mit rotgewaschenem Gesicht herein.

Ich sprang aus dem Bett, zog meinen Mantel über und lief an ihm vorbei, hinaus auf die Toilette.

Ich sah in den Spiegel. Mein Gesicht war starr, als könnte ich es nie mehr bewegen.

80

Als ich wieder in unser Zimmer zurückkam, waren meine Tante und mein Onkel schon fort.

Klaus schlief noch. Ricki saß neben Pfiffi in der Ofenecke.

»Klaus! Klaus!« Ich zog die Decke weg und rüttelte ihn wach.

»Klaus! Das Geld ...!«

»Wo sind sie? Haben sie ...« Klaus sprang aus dem Bett.

»Nein, das Geld ... die Währungsreform!«

Wir sahen uns an. Dann begannen wir uns gleichzeitig anzuziehen, so rasch wir konnten.

»Ricki, sei lieb und bleib bei Pfiffi«, sagte Klaus. »Wir müssen schnell einmal fort.«

»Ich will nicht hierbleiben. Ich will mitgehen«, rief Ricki entschlossen.

Klaus sah mich an. Ich stand schon an der Tür. »Wir können dich aber nicht ...«

»Doch!« sagte Ricki. »Doch, wenn ihr mich hierlaßt, ist das keine Kameradschaft.«

81

Überall in den Straßen standen die Leute in kleinen Gruppen. Sie sprachen laut, sie gestikulierten und studierten die Anschläge, die an den Mauern hingen.

An der Bank am Münsterplatz drängten sich die Menschen vor dem Mitteilungskasten. Wir zwängten uns hindurch bis in die vorderste Reihe. Und immer wieder hörten wir das Wort: »Währungsreform«.

Vor dem Anschlag in dem Glaskasten stand ein kleiner Mann in einer umgefärbten Uniformjacke. Am Kragen und an den Ärmeln, wo die Abzeichen gesessen hatten, war die Farbe heller.

Der Mann stieß mit seinem Stock auf den Boden. »... Haben ja lange genug darauf gewartet. Wurde auch Zeit. Habe immer gesagt, muß wieder eine stabile Währung geben!«

Er nickte bekräftigend mit dem Kopf. Der Zwicker auf seiner knochigen Nase zitterte. »Jetzt wird dem Schleichhandel das Handwerk gelegt. Jetzt haben die Schwarzhändler ausgespielt.«

»Jawohl, Herr Oberst!« erwiderte der magere Mann mit dem

runden, schwarzen Hut neben ihm. »Ich habe auch immer gesagt, kann nicht so weitergehen.«

»Kannst du etwas sehen, Klaus?« flüsterte ich. Klaus schüttelte den Kopf. Seine Lippen bewegten sich stumm.

»Jetzt wird endlich den Wucherern das Handwerk gelegt, die mit unseren letzten Besitztümern Geschäfte gemacht haben«, rief der Mann mit dem Zwicker.

»Jawohl, Herr Oberst!« antwortete der hagere Mann. »Stabile Währung, stabile Wirtschaft, jetzt geht es aufwärts!«

»Hätten die Alliierten auch nicht mehr lange mit uns machen können!« rief der Mann mit dem Zwicker und stampfte wieder mit seinem Stock auf dem Boden auf. »Das deutsche Volk hätte sich dagegen erhoben.«

»Jawohl, Herr Oberst, ganz Ihrer Meinung.«

»Warum ist das ein Oberst? Der hat doch keine Uniform. Ein Oberst ist doch ein Soldat«, flüsterte Ricki.

»Der war einmal Soldat«, erwiderte ich.

»Da steht was von vierzig Mark Kopfquote«, sagte Klaus.

»Diese Regelung ist die einzig Richtige«, wiederholte der Oberst. »Dadurch wird die Gleichheit des Volkes garantiert. Kein Unterschied mehr gemacht. Alle Vermögen, durch den üblen Schwarzhandel erworben, sind jetzt null und nichtig. Vierzig Mark pro Kopf – das bedeutet einen neuen Anfang. Sie sollen sehen, jetzt gibt's auch bald wieder eine echte deutsche Regierung.«

Eine alte Frau sah den Oberst andächtig an. Sie nickte mit tränenden Augen.

»Alles andere Geld ist ungültig«, sagte Klaus.

»Alles?« fragte ich.

Der Oberst drehte sich um. »Ja, alles!« rief er. »Und das ist auch richtig so.« Er nickte gewichtig mit dem Kopf. Seine Unterlippe schob sich vor. »Das ist ein großer Tag heute, Kinder, merkt euch das«, sagte er. »Das ist ein neuer Anfang!«

»Alles Geld . . .«

»Komm, wir machen, daß wir hier wegkommen«, flüsterte Klaus.

Ricki und ich zwängten uns hinter ihm durch die Leute zurück auf die Straße.

Wir liefen durch die Poststraße hinunter zum Bahnhof. Die

Schaufenster aller Geschäfte waren von innen mit Tüchern und Blenden verhangen.

Im Vorbeilaufen hörten wir es dahinter hämmern und klopfen, als werde dekoriert.

Am hinteren Ausgang des Bahnhofs riß Klaus das Plakat vom Zaun.

Wir rannten hinauf auf den Venusberg. In meinem Kopf hämmerte es: ›Währungsreform, Kopfquote, Währungsreform, Kopfquote . . .‹

Wir räumten die Bretter vor dem Eingang des Bunkers fort.

»Was macht ihr denn da?« wollte Ricki wissen, aber wir gaben ihm keine Antwort. Wir waren begierig, das Geld zu finden. Und wir fanden es so, wie wir es in der Nacht vorher verlassen hatten.

»Was habt ihr denn da in dem Koffer?« rief Ricki. Er kroch in dem dunklen Stollen umher und erforschte die Ecken und Winkel. »Hier ist es aber muffig. Hier gibt es sicher Ratten und Mäuse. Ich will eine Maus haben, eine Maus . . .«

»Ricki, sei still!« befahl Klaus. Wir saßen nebeneinander am Stolleneingang. Die Blätter der Bäume filterten das Sonnenlicht.

»Was ist denn das nun, mit der Währungsreform?« fragte ich.

Klaus zog das Plakat aus der Tasche.

»Hier!« sagte er. »Hier!«

Ich las. Ich las noch einmal. Dann hatte ich es endlich begriffen.

Ich sah Klaus an. Klaus blickte von mir fort.

»Ja«, wiederholte er. »Da haben wir's!«

»Es war alles umsonst?«

»Ja«, sagte er. »Wir können es noch nicht einmal eintauschen. Es ist nichts mehr wert. Das ganze Geld ist nichts mehr wert.«

»Was für Geld?« fragte Ricki. »Onkel Hugos Geld?«

»Ach, sei still!« rief Klaus. Ich konnte sehen, daß er vor Wut zitterte.

Ricki schob beleidigt die Unterlippe vor. »Ihr seid aber keine guten Kameraden – nie sagt ihr mir was!«

»Sei doch brav, Ricki, und spiel mit Pfiffi«, bat ich.

Ricki nahm Pfiffi an der Leine und lief mit gesenktem Kopf davon.

»Ist das ganze Geld jetzt nichts mehr wert?« fragte ich.

»Nein! Nichts mehr. Es ist vollständig wertlos. Es ist nur noch Papier. Hier, sieh es dir an, buntes Papier. Einfach buntes, schmutziges, dreckiges Papier.« Klaus griff mit beiden Händen in den Koffer und verstreute das Geld angeekelt um sich.

Wir haben es also umsonst getan, dachte ich. Ganz umsonst. Ich konnte es nicht glauben.

Gestern abend, in der mondlosen Nacht hatten wir mit dreckgeschwärzten Gesichtern den Buckligen bestohlen. Und jetzt war es plötzlich umsonst gewesen.

»Wir hätten es doch gestern mit nach Hause nehmen sollen«, sagte ich.

»Meinst du vielleicht, dann wäre es jetzt noch etwas wert?« Klaus lachte laut heraus. Er lachte und lachte.

Und plötzlich mußte ich auch lachen. Ich lachte, bis mir der Bauch weh tat und mir die Tränen in die Augen traten.

»Ricki kann jetzt richtig Kaufmann spielen. Er hat jetzt zwanzigtausend Mark, um damit Kaufmann zu spielen«, lachte Klaus.

»Ricki, komm her«, schrie er. »Komm her. Sieh, was ich für dich habe. Das gehört dir. Alles gehört dir!« Klaus raffte die bunten Geldscheine zusammen und warf sie über Ricki, daß sie wie Konfetti über ihm niedergingen.

»Bist du verrückt geworden?« fragte Ricki ganz ernsthaft. »Seid ihr verrückt geworden? Das schöne Geld! Das viele schöne Geld!«

Er sammelte jeden einzelnen Schein auf und legte sie vor uns hin.

»Es gehört dir«, wiederholte Klaus. »Es gehört dir. Du kannst damit spielen. So schön wie du kann kein anderes Kind jetzt Kaufmann spielen.«

»Du bist verrückt geworden!« rief Ricki. »Ganz bestimmt, das sieht man doch.«

Aber Ricki spielte mit dem Geld.

Wir sahen ihm zu.

»Ich kann es nicht glauben«, sagte ich. »Das kann ich einfach nicht glauben. Was sollen wir denn jetzt machen?«

Die Augen von Klaus waren blank, leer. »Was soll man schon mit Geld machen, das nichts mehr wert ist? Verbrennen natürlich!«

Klaus raffte unter Rickis Händen das Geld zusammen. Ein

paar Scheine flatterten ihm davon. Ich hob sie auf, schichtete sie zu den anderen.

Klaus zündete einen der oberen Geldscheine an. Der Wind blies die Flamme aus. Ricki stand da, mit offenem Mund. Als die gelben und blauen Flammen hoch aufloderten, stolperte Ricki vor, griff nach den knisternden Scheinen, aber Klaus riß ihn zurück.

Und plötzlich begann Ricki zu weinen. »Das schöne Geld. Ihr seid böse – das viele schöne Geld!«

»Das waren einmal zwanzigtausend Mark«, flüsterte Klaus und wirbelte mit einem Zweig die Asche durcheinander.

»Das war einmal ein Koffer voll Geld«, sagte ich.

Als es Abend wurde, gingen wir nach Haus. Klaus trug den leeren Koffer. Plötzlich schleuderte er ihn so weit fort, wie er konnte. Wir hörten den Koffer den Abhang hinunterpoltern.

Ricki hielt mich am Ärmel einen Schritt zurück. »Klaus ist bestimmt verrückt, nicht?« fragte er ängstlich.

Da, wo der Waldweg die Biegung machte, um in die Stadt hinunterzuführen, drehte ich mich noch einmal um.

Unter dem grauen Strauch neben dem Eingang des Stollens lag noch ein Geldschein. Er leuchtete rot in dem Licht der untergehenden Sonne.

82

»Wo seid ihr denn den ganzen Tag gewesen?« fragte Tante Emmy.

»Im Wald«, erwiderte Ricki. »Wir haben mit . . .«

»Ja, wir haben Pfiffi neue Kunststückchen beigebracht«, sagte Klaus.

Ricki sah ihn mit offenem Mund an. »Klaus, du lü . . .«

»Sei du nur still«, rief ich. »Du warst schon den ganzen Tag über unartig.«

Ricki schüttelte den Kopf und blinzelte mit den Augen.

Er setzte sich still neben Pfiffi in die Ofenecke und sah uns der Reihe nach mit großen Augen an.

»Da habt ihr ja was Wichtiges verpaßt«, murmelte Onkel Hugo und sah von seinen Zahlen auf, die er unermüdlich auf ein Stück Papier kritzelte.

»Die Währungsreform!« sagten Klaus und ich.

»Ja, richtig!« Onkel Hugo lachte dröhnend.

Er stand auf und kam händereibend um den Tisch herum.

»Ja, ja«, Onkel Hugo legte Tante Emmy den Arm um die Schultern und sah uns wichtig an. Sein Gesicht bestand nur noch aus wohlwollenden Falten.

»Ja, jetzt geht's aufwärts«, sagte Onkel Hugo. »Nicht wahr, Emmy?«

Tante Emmy nickte, wie sie zu allem nickte, was Onkel Hugo sagte.

»Jetzt gibt's wieder echtes, gutes, hartes Geld. Und da der Hugo ja noch nie auf den Kopf gefallen war, auch genug davon. Jetzt geht's aufwärts, Kinder. Ihr sollt mal sehen! Alles können wir jetzt wieder kaufen. Alles, sage ich euch. Die Schaufenster werden wieder voll sein. Alles wird es wieder geben, wenn man nur bezahlen kann, mit guter, harter Mark. Ihr werdet es sehen!«

»Morgen wird alles besser«, lachte Onkel Hugo dröhnend.

Klaus und ich sahen uns an. Ricki blickte mit offenem Mund von einem zum anderen. Onkel Hugo rieb sich die Hände. Tante Emmy seufzte.

»Morgen wird alles besser!« rief Onkel Hugo noch einmal.

Und Klaus und ich begannen zu lachen. Wir lachten in sein rotes, gläubiges Erwachsenengesicht.